La chasse au trésor – Die Schatzsuche

von Bettina Savino

Langenscheidt

Berlin · Madrid · München · Warschau · Wien · Zürich

Lektorat: Bettina Müller Renzoni
Französischsprachiges Lektorat: Bettina Savino
Zeichnungen: Rüdiger Trebels
Umschlaggestaltung: init.büro für Gestaltung, Bielefeld
unter Verwendung einer Illustration von Rüdiger Trebels

www.krimis-fuer-kids.de
www.langenscheidt.de

Satz: kaltner verlagsmedien GmbH, Bobingen
Druck und Bindung: Stürtz GmbH, Würzburg

ISBN 978-3-468-20662-7

12010

Inhalt

Versalzene Sommerferien

Meine Mutter. Da hatte sie wieder eine ihrer tollen Ideen gehabt. “In diesem Jahr gibt es Ferien mal ganz anders!” hatte sie uns eines Tages verkündet.
Sie würde im Sommer in die Normandie fahren und endlich in Ruhe an ihrem Roman schreiben. Das will sie schon seit zwei Jahren. Und Paps, ich konnte es nicht glauben, wollte mit seinem besten Freund Willem nach Schottland zum Wandern fahren. Aber das war noch längst nicht alles. An uns hatte sie selbstverständlich auch gedacht – klaro. Uns, das heißt Immanuel, Justus und meine Wenigkeit. Ach ja, hatte ich ganz vergessen, ich bin Pia! Meine Brüder und ich, wir treten im Zwei-Jahres-Rhythmus auf – 16, 14 und 12 Jahre. Für uns standen Sommerferien am Mittelmeer auf dem Plan. Dabei wollte ich mit Simone und ihren Eltern an die Nordsee, Justus zu seiner Brieffreundin Monica nach Italien und Immanuel ausschlafen. Pustekuchen!
Grundsätzlich hatten wir ja nichts gegen ein bisschen Sonne und Meer. Wo es in unserem Kaff im Rheinland immer nur regnet. Wir hätten uns eigentlich freuen können. Aber das Schlimmste kam noch. Wir sollten zu Tante Clara! Und das war die reinste Katastrophe.

Clara ist die Schwester meines Vaters – unsere Tante also – und deutscher als deutsch, Ordnung und Pünktlichkeit sind ihr wichtiger als alles andere. Sie hatte sich vor einigen Jahren mit ihrem Mann Jean-Paul und ihrer Tochter Maï in Südfrankreich niedergelassen.
Maï wurde nach einer vietnamesischen Frühlingsblume benannt, ist gerade 13 geworden und geht aufs ***Collège***. Fragt sich nur noch wie lange, denn sie will alles hinwerfen und Sängerin oder Schauspielerin werden und in Florida leben. Na ja, hübsch ist sie ja tatsächlich mit ihren langen dunkelroten Haaren. An ihre Stimme kann ich mich allerdings nicht mehr so genau erinnern. Wir sehen uns nicht so oft, nur manchmal auf Familienfesten oder Hochzeiten und Beerdigungen. Aber über Facebook chatten wir ab und zu. Mit ihrer Freundin hat sie die Musikgruppe *Fleur de Pâques* gegründet, und vor ein paar Wochen hatte sie sogar ihren ersten Auftritt.
"Aber wenn Paps und du euch einen Wunsch erfüllt, warum können wir uns unsere Ferien nicht auch selbst aussuchen?", hatte ich gefragt. Ich konnte und wollte einfach nicht glauben, dass ich nicht mit Simone und ihren Eltern an die Nordsee fahren sollte. "Wo wir uns schon so auf das Muschelsammeln gefreut haben."

---

collège Schulstufe in Frankreich, vergleichbar mit der Sekundarstufe I in Deutschland

"Pia, wir können nicht jedes Jahr erlauben, dass du mit Simones Familie in die Ferien fährst, und außerdem soll der Sommer an der Nordseeküste in diesem Jahr buchstäblich ins Wasser fallen. Die Sonne in Südfrankreich wird euch gut tun. Und Immanuel war so begeistert von Tante Clara und Jean-Paul."

"Und ihrer durchgeknallten Tochter. Die hast du nämlich vergessen. Wenn ich so rumlaufen würde wie Maï ..."

"Erstens beurteilt man die Menschen nicht nach ihrem Aussehen, und zweitens war die französische Mode schon immer einzigartig. Maï ist bestimmt sehr nett, sonst würdest du ja auch nicht stundenlang mit ihr über MSN chatten."

Mami hatte mir über den Kopf gestreichelt. Sie meinte es gut, aber trotzdem, es war gemein. ... Ich stand ohne ein Wort zu sagen auf und ging in mein Zimmer.

"Was machst du denn für ein Gesicht?", fragte mich Justus, als wir uns auf der Treppe begegneten.

"Mami hat tolle Pläne für uns, du wirst schon sehen, sie wartet in der Küche auf dich. ***Vive la France!***" Ich hatte keine Lust, mehr zu sagen. Justus tat mir bereits leid. Er hatte sich so sehr auf das Treffen mit seiner italienischen Brieffreundin Monica in Rom gefreut.

Vive la France! Es lebe Frankreich!

Seit einer Ewigkeit simsten sie hin und her und konnten es nicht erwarten, sich endlich persönlich kennenzulernen. Der Arme.

Ich hörte, wie Justus, als er in die Küche trat, gleich zur Sache kam.
"Was ist denn los hier? Pia macht ein Gesicht, als hätte man ihr das Nutella-Glas geklaut. Und was sind das für Pläne, von denen sie spricht?"
"Guten Morgen, Justus!" Mami wusste, dass man nicht so leicht Entscheidungen über Justus' Kopf hinweg treffen konnte, und versuchte deshalb, die Situation erst einmal zu beruhigen.
"Gar nichts ist los. Wir sprachen über die Sommerferien. Paps und ich, wir dachten, dass ihr mal aus diesem Regenloch hier raus solltet und ...", weiter kam sie nicht.
"Und dass ich deshalb nach Rom fahren sollte. Da hast du recht. Monica und ich, wir schreiben und telefonieren jetzt schon seit zwei Jahren und kennen uns nur von Fotos. Da wird es tatsächlich Zeit." Justus grinste.

Mir zerbrach es das Herz. Ich hatte mich auf der Treppe, die zu den oberen Zimmern führt, niedergelassen und konnte durch den Türspalt die Freude in seinem Gesicht erkennen. Ich sah, wie er in Gedanken mit Monica Hand in Hand durch Rom schlenderte ...

"Hör zu, Justus. Rom ist sicherlich eine Reise wert, und du solltest Monica tatsächlich bald persönlich kennenlernen. Aber lass es uns für einen anderen Zeitpunkt planen. Paps und ich ...", sie räusperte sich und musste einen Moment innehalten, als sie sah, wie sich Justus' Gesicht verfärbte. "Also Paps und ich, wir dachten eher an das neue Hotel von Tante Clara und Jean-Paul in **Cassis**. Immanuel war so begeistert im letzten Jahr. Es wäre schön, wenn ihr in diesem Jahr alle zusammen hinfahren würdet. Du könntest dann auch mit dem Tauchen beginnen oder mit dem Schnorcheln. Die Unterwasserwelt in Südfrankreich ist atemberaubend. Sonne, Sand und Meer, was kann man sich sonst noch für die Ferien wünschen?" Sie sah ihn strahlend und erwartungsvoll an.

Irgendwie tat sie mir auch leid, sie versuchte wirklich alles, um uns schöne Ferien zu schenken. Ich hätte geschworen, dass Justus ausflippt, schreit, heult, schimpft. Aber er tat nichts dergleichen. Er stand einfach auf, verließ die Küche und ging wortlos die Treppe hinauf. Er war wie versteinert. Im ganzen Haus herrschte Totenstille.

Aber nicht lange, denn Immanuel kam aus seinem Zimmer gepoltert und latschte über den Flur. Er kratzte in seinen langen Haaren, die zu Berge standen,

---

Cassis Hafenstädtchen östlich von Marseille

und eine schmuddelige Jogginghose hing an seinem dünnen Körper.
"Kann man erfahren, was Justus über die Leber gelaufen ist. Hat seine Monica Bellucci ihn versetzt?", fragte er grinsend.
"Wenn ich du wäre, würde ich mir eher Sorgen machen, ob die Motten bereits deine T-Shirts anknabbern", gab ich zur Antwort.
"Nur wer Musik macht, verdient meine Aufmerksamkeit, und da T-Shirts bekanntlich ...", weiter kam er nicht. Ich ließ ihn einfach stehen, ging das letzte Stück Treppe hoch und verschwand ebenfalls in meinen vier Wänden.

Mein Zimmer lag über der Küche, und da die Fenster offen waren, hörte ich, wie Mami Immanuel alles erklärte. Immanuel war das total schnuppe. Er hatte im letzten Jahr eine super Zeit mit Jean-Paul in der Tauchschule verbracht und freute sich offenbar, wieder dahin fahren zu können.
"Die Kleinen wissen nicht, was sie verpassen, wenn sie nicht hinfahren. Ich kann mir keinen schöneren Platz auf der Welt vorstellen. Und Maï ist eine Bombe, genauso wie man sich die jungen Französinnen vorstellt", spielte Immanuel sich auf.
"Na, sag mal!" Mami schien entsetzt.
"Ich mach doch nur Spaß. Aber sie ist wirklich hübsch, mit ihren hellen grünen Augen, dem leuchtend dun-

kelroten Haar und dem gebräunten Teint ...", schwärmte er weiter und formte seinen Mund, als wollte er die Luft küssen. "Sie trägt wenigstens keine Birkenstock. Und ... sie kann singen!"
Womit wir wieder beim Thema waren. Ich sah auf meine Füße, an denen meine weißen Birkenstocksandalen baumelten. Was er gegen sie hatte, sie waren so bequem.
"Vielleicht könntest du deinen Geschwistern die Ferien dort mal etwas schmackhaft machen?", hörte ich Mami sagen. Sie wusste, dass er für sein Leben gerne isst, vor allem französisch. "Ich könnte euch heute Abend ein kleines französisches Essen vorbereiten, damit du so ganz nebenbei und in französischer Atmosphäre von Cassis und seinen ***Calanques*** schwärmen kannst." Na, das waren ja tolle Aussichten!

Den Nachmittag hatte ich bei Simone verbracht. Als ich ihr die Hiobsbotschaft überbrachte, konnte man zusehen, wie ihr die Tränen in die Augen stiegen. Glücklicherweise tragen Simone und ich keine Wimperntusche. Das wäre ein schönes Geschmiere geworden, denn sie rieb sich ständig die Augen, damit auch ja keine Träne entrann. Um sie zu trösten, hatte ich Simone zu unserem französischen Abendessen einge-

---

Calanques Kalksteinmassiv zwischen Marseille und Cassis

laden, auch wenn ich ja eigentlich nichts davon wissen sollte.
Als wir nach Hause kamen, hatte Mami tatsächlich gezaubert. Es roch wie im teuersten französischen Restaurant. Schnell liefen Simone und ich in mein Zimmer hoch und taten so, als hätten wir nichts bemerkt. Aus Justus' Zimmer nebenan ertönte das Lied "Caravane" des französischen Sängers Raphael. Ich war erstaunt, wo er doch sonst nur Eros Ramazzotti hörte. Dann polterte es an der Eingangstür unten. Das war Immanuel, der aus dem Gitarrenunterricht zurückkam und seine Tennisschuhe durch den Flur schleuderte. Dann konnte es ja nicht mehr lange mit dem Essen dauern.

"Pia, Justus! **À table!**", ertönte Mamis Stimme durchs ganze Haus.
"War das nicht die Stimme deiner Mutter?", fragte Simone ganz erstaunt.
"Es hörte sich ganz so an", antwortete ich leise.
"Seit wann sprecht ihr denn französisch zu Hause?" Simone wirkte leicht verstört.
Ich überlegte. "Seit eben gerade", gab ich schließlich zur Antwort.
"Ihr wart wirklich noch nie wie andere Leute", bemerkte meine Freundin ganz richtig.

À table! Kommt zum Essen!

"Komm, lass uns runtergehen, jetzt wird es spannend", schlug ich vor, hatte im selben Augenblick schon wieder meine Birkenstocksandalen angezogen und lief zur Tür.
"Man könnte glauben, du freust dich." Simone schnürte ihre Tennisschuhe zu, als hätte sie alle Zeit der Welt.
"Quatsch, ich tu doch bloß so, los beeil dich, ich bin gespannt, was die sich für uns ausgedacht haben." Ich schupste Simone leicht, aber liebevoll an, und sofort strahlte sie wieder.

Nachdem auch Mami Simone zum Abendessen eingeladen hatte, verschwand sie im Schlafzimmer, um fünf Minuten später in die Küche zu spähen.
"Ich geh' dann mal. **À tout à l'heure**", sang sie leicht übertrieben.
"Was soll das denn? Seit wann wirft Mami mit französischen Vokabeln um sich?" Justus konnte es sich nicht verkneifen.
"Sie übt wahrscheinlich für die Normandie", verteidigte Immanuel sie.
"Da wird sie mit niemandem sprechen, sondern den ganzen Tag vor dem Computer hocken. Außerdem regnet es da sowieso nur und sie wird keinen Schritt vor die Tür machen. Geschieht ihr ganz recht."

À tout à l'heure! Bis gleich!

Neben vier Gedecken lagen blau-weiß-rot gestreifte Servietten auf dem weißen Tischtuch, und in der Mitte des Tisches waren die tollsten Leckereien aufgereiht.

"Da habt ihr aber einen ganz schönen Köder auslegt", sagte Justus mit vollem Mund.

"Wieso Köder?" Immanuel verstand nicht, worauf Justus anspielte.

"So ein tolles Essen mitten in der Woche, da muss es schon einen Anlass geben", antwortete Justus spitz.

"Schließlich fahren wir ja alle, bis auf Paps, in den Ferien nach Frankreich. Anlass genug, oder?" Immanuel biss genüsslich in den warmen Eier-Käse-Belag seiner ***Quiche Lorraine***. "Außerdem könnt ihr euch gar nicht vorstellen, was euch erwartet. Wer träumt nicht von der südfranzösischen Küste. Da trifft sich alles, was Rang und Namen hat."

Wir schauten ihn gebannt an.

"Cassis ist keine Großstadt wie Rom", sagte er zu Justus, der den Kopf auf seinen Teller senkte, "sondern eine alte Kleinstadt direkt am Meer. Das Tolle ist, die verrückte große Multikulti-Hafenstadt Marseille liegt nur 30 km weit entfernt. Man braucht lediglich über den Pass ***Col de la Gineste*** zu fahren.

Quiche Lorraine Lothringer Specktorte
Col de la Gineste Massiv, das die Buchten von Cassis und Marseille trennt

Aber wenn man erst mal in Cassis ist, will man kaum noch woanders hin."
"Und wen interessiert das deiner Meinung nach?", provozierte Justus.
"Gute Frage. Übrigens ...", und wieder schaute er Justus an, "wurde Cassis im Römischen Reich von Kaiser Antoninus Pius entdeckt und *Carsicis Portus* genannt."
Justus sah neugierig auf. Wenn sich einer in der römischen Antike auskannte, dann er. Ihr galt seine ganze Leidenschaft.
Grinsend erzählte Immanuel weiter: "Die Stadt liegt an weißen Kalkfelsen, die steil ins Meer abfallen, und ist umgeben von Buchten mit Sand- oder Kieselstränden. Sie werden *Calanques* genannt und sind bewachsen mit Pinienbäumen, die riechen, als hätte man gerade frisches Badewasser einlaufen lassen."
"In einer dieser Calanques wohnen Tante Clara und Jean-Paul", erinnerte ich mich.
"Genau. Ihr Hotel liegt im Hafen von Port Miou", erzählte er weiter. "Vom Hotel aus ist der Blick aufs azurblaue Meer nie weit, und Jean-Pauls Taucherschule auch nicht. Ich kann euch sagen, das Schnorcheln mit Maske und Flossen ist schon enorm, aber das Tauchen ..." Immanuel pfiff durch die Zähne. "Glasklares Wasser und Fische so bunt, als hätte man Farbtöpfe ins Meer geschüttet."

Ein Unglück kommt selten allein

Und hier saßen wir nun! Das heißt, nur Justus und ich – er vor seinem Computer, den er verzweifelt versuchte, ans Internet anzuschließen, und ich auf dem Balkon unseres Bungalows, mit knurrendem Magen, denn Frühstück scheint es in diesem Land nicht zu geben. Immanuel lag im Bett und schlief. Ihm konnte es ja auch eigentlich egal sein, er wollte in den Ferien sowieso nur ausschlafen.

Am Abend waren wir am Flughafen von Marseille angekommen. Jean-Paul hatte uns dort abgeholt.
"Salut, les jeunes!" Jean-Paul stand am Ausgang, in Shorts und T-Shirt und ein Pappschild mit seinem in Großbuchstaben geschriebenen Namen in der Hand. Als könnten wir uns nicht mehr an ihn erinnern: halb Sizilianer, halb Franzose, lange, von der Sonne aufgehellte dunkle Haare und Nickelbrille. Ein komischer Vogel. Das genaue Gegenteil von Tante Clara.
"Bonjour, Jean-Paul, tu vas bien?" Immanuel war der erste gewesen, der den Mund aufbekam.
"**Laissez-moi deviner.** Toi, tu es Immanuel, on se connaît **déjà**. Toi, tu es Justus et toi, tu es Léa. C'est bien ça, non?", fragte Jean-Paul.

Laissez-moi deviner. Lasst mich raten.
déjà bereits

"**Je m'appelle Pia.**" Das bekam ich gerade noch auf die Reihe.
"Mais bien sûr, je le sais", sagte Jean-Paul und tat so, als hätte er sich absichtlich getäuscht. "**Je plaisantais**. Comment peut-on oublier le nom d'une **si** jolie jeune fille?"
Ich war rot angelaufen.
"Où sont **les autres**?", fragte Immanuel.
"Les autres? Ah, oui. Je suis venu **seul**. Clara était **encore** occupée à l'hôtel. Vous savez, **le samedi**, **les nouveaux hôtes arrivent**. Et Maï ..." Jean-Paul grinste übers ganze Gesicht. "Elle avait **toujours** le **masque hydratant** sur son visage, **le vernis à ongles n'avait pas encore séché** et sa jupe était **froissée**. **Finalement**, j'ai préféré venir seul."

Je m'appelle Pia. Ich heiße Pia.
je plaisantais ich habe nur Spaß gemacht
si so
les autres die anderen
seul allein
encore noch
le samedi samstags
les nouveaux hôtes arrivent kommen die neuen Gäste an
toujours immer noch
masque hydratant Feuchtigkeitsmaske
le vernis à ongles n'avait pas encore séché der Nagellack war noch nicht trocken
froissée knautschig
finalement schließlich

Alles hatte ich nicht genau mitbekommen. Aber eins war klar, Maïs Schönheit ging über alles. Und Jean-Paul war cool.

Erst als wir das Flughafengebäude verlassen hatten, bemerkten wir, wie warm es hier immer noch war, obwohl es schon fast zehn Uhr abends war. Die Sonne war im Begriff unterzugehen, und der Himmel färbte sich bläulich rot. Die Zikaden, die in den Olivenbäumen saßen, zirpten uns zur Begrüßung ein Lied. Wir liefen mit unseren Gepäckwagen auf den Parkplatz zu, der hinter roten, weißen und violetten Oleandersträuchern versteckt lag.

Wir schmissen unsere Taschen in den geräumigen Kofferraum des Jeeps, und Justus und ich kletterten auf die Rückbank. Immanuel saß natürlich vorn. War mir auch ganz lieb, da brauchte ich so spät am Abend nicht noch nach ein paar alten Vokabeln in meinem Hirn zu suchen. Ich würde sowieso gleich einschlafen.

Draußen zogen unzählige Palmen an uns vorbei, und ich musste zugeben, dass es hier wirklich sehr schön zu sein schien. Einen Moment lang fuhren wir ganz nah am Meer entlang. Viel war nicht mehr zu erkennen, denn es war mittlerweile dunkel geworden. Aber hier und dort leuchteten jetzt kleine Lichter auf dem Meer, wahrscheinlich irgendwelche Fischerboote.

Plötzlich hörte ich Justus fragen: “**C’est encore loin?**”

“Non, on est **bientôt arrivé**. Nichts schien Jean-Paul aus der Ruhe zu bringen.

Ich starrte immer noch meinen Bruder neben mir an. Dass er einfach so drauf los geredet hatte. Okay, es war nur eine Frage gewesen, aber immerhin, sie war aus freien Stücken gekommen.

Jean-Paul konzentrierte sich wieder auf den Verkehr. Ein völlig zerbeultes Fahrzeug, das auf der rechten Fahrspur gefahren war und den Blinker rechts gesetzt hatte, war plötzlich und aus heiterem Himmel links abgebogen. Jean-Paul schimpfte und hupte.

“Qu’est-ce que je disais? Ah oui, Marco, le fils d’une **amie,** est arrivé hier.”

“Il **passe** ses vacances **dans le Midi?**”, wollte Immanuel wissen.

“Oui. **Au fait**, il habitera avec nous à l’hôtel, car sa mère voulait **aller voir** une amie en **Provence**.

C’est encore loin? Ist es noch weit?
bientôt bald
arrivé angekommen
amie Freundin
passe verbringt
dans le Midi in Südfrankreich
au fait übrigens
aller voir besuchen
Provence Landschaft im Südosten von Frankreich

Évidemment, Marco ne voulait pas rester avec elles."

"**Il est gentil au moins?**", fragte Immanuel weiter.

Er schien überhaupt keine Schwierigkeiten mit der Sprache zu haben. Ich fragte mich, ob ich nach den drei Wochen Ferien genauso toll Französisch sprechen würde. In der Schule würden sie ganz schön Augen machen und Simone erst. Simone ...

Ein fürchterliches Getute holte mich aus meinen schönen Erinnerungen an die letzten Ferien mit Simone an der Nordsee. Alle Autos waren jetzt an den Straßenrand gefahren, um einer Patrouille von Polizei- und Feuerwehrautos den Weg frei zu machen.

"Die Mafia!", platzte es aus mir heraus.

Jean-Paul lachte sich schlapp. Immanuel genauso. Ich lief rot an.

"Ma petite sœur lit trop de **polars**", setzte Immanuel noch obendrauf.

Manchmal fand ich ihn total doof.

"**T'inquiète**, Pia, ce n'est pas plus dangereux à Marseille que dans une autre grande ville d'**Europe**. Et à

évidemment selbstverständlich
Il est gentil au moins? Ist er wenigstens nett?
polars Krimis
t'inquiète keine Sorge
Europe Europa

Cassis **encore moins**. Pas de **voleurs**, pas de **police**, tout est **paisible** dans notre petit **port**."

Ich hoffte nur, dass er damit recht behielt.

"Alors, il est gentil, ce Marco?" Immanuel ließ nicht locker.

"Oui, il est gentil. Mais il est **un peu renfermé**."

"**Quel âge a-t-il, le petit?**", fragte Immanuel, der sich in den Kopf gesetzt hatte, dass es sich um ein kleines, verwöhntes Kind handelte.

"Douze ans", schlug es wie eine Bombe ein. Das bedeutete wahrscheinlich, dass wir – und vor allem ich, weil ich auch zwölf war – diesen Burschen von morgens bis abends im Schlepptau haben würden. Auch das noch!

Dann bog der schwarze Schlitten rechts in einen kleinen Weg ein, der offenbar zur Hotelanlage führte. Wir fuhren an einem beleuchteten Schild vorbei, das am Fuße der mittleren von drei Riesenpalmen angebracht war: *LES 3 PALMES* stand in Goldbuchstaben geschrieben. Das Auto hielt auf einem kleinen

---

encore moins noch weniger
voleurs Diebe
police Polizei
paisible friedlich
port Hafen
un peu ein bisschen
renfermé verschlossen
Quel âge a-t-il? Wie alt ist er?

Privatparkplatz, den sich das Hotel mit dem Nachbarn teilte, dessen Anwesen bis direkt ans Meer reichte.
“Hast du das gesehen? Mein lieber Schwan!” Ich war von dem Luxus, den dieses Haus ausstrahlte, so beeindruckt, dass ich Justus anstieß. Er nickte nur mit dem Kopf.
An einer kleinen Allee lagen rechts und links kleine Bungalows in der Natur versteckt. Manche hatten kleine Balkone, andere eigene Terrassen. Wir nahmen jeder unsere Tasche aus dem Kofferraum und folgten Jean-Paul, der bereits die Tür des Häuschens Nummer 7 aufgeschlossen hatte.
“**N’allumez pas la lumière pour l’instant**, sinon les **moustiques** entrent dans la chambre et vous ne dormirez pas **cette nuit**.”
Wir stellten unser Gepäck auf dem Boden ab und gingen direkt auf die Terrasse.
“**Que c’est beau ici!**” Justus war der erste, der den wahnsinnigen Ausblick bewunderte, der sich vor uns auftat. Der helle Mond glitzerte auf der dunklen Wasseroberfläche, und außer dem Plätschern der kleinen Wellen war es mucksmäuschenstill.

---

n’allumez pas la lumière pour l’instant macht vorerst nicht das Licht an
moustiques Mücken
cette nuit heute Nacht
Que c’est beau ici! Wie schön es hier ist!

"Oui, vous avez de la **chance**, c'est **un de nos plus beaux bungalows**." Jean-Paul schien ganz stolz zu sein. Auf jeden Fall freute es ihn, dass es uns hier gefiel.
Ich wollte nicht unhöflich sein, ich hatte mich bisher noch nicht einmal wirklich bemüht, auf ihn zuzugehen.
"Merci beaucoup que vous nous avez invités pour les vacances."
"**Ah, la vache!** Avez-vous entendu notre petite sœur?", lachte Justus.
Blödmann! Wenn er mich ärgern konnte, sprach er sogar Französisch.
Jean-Paul lächelte mich freundlich an und sagte, während er Türen und Fenster schloss: "Venez voir. **Voici** la chambre des garçons, la fenêtre **donne** sur le petit **chemin** derrière la maison, mais c'est **calme**. Et pour Pia, on pensait à **celle-ci**."
Wir traten alle in ein kleines, aber gemütliches Zimmer mit eigenem Balkon und Blick aufs Meer.

---

chance Glück
un de nos plus beaux bungalows einer unserer schönsten Bungalows
Ah, la vache! Donnerwetter!
voici hier ist
donne (sur) geht hinaus (auf)
chemin Weg
calme ruhig
celle-ci dieses hier

“La salle de bains **se trouve** ici. **J’espère** que Pia **ne ressemble pas trop à sa cousine** qui **occupe** la salle de bain durant des heures.”
Genau das hatte ich mir gedacht. Wir würden wahrscheinlich die meiste Zeit unserer Ferien damit zubringen, darauf zu warten, dass meine Cousine mit ihrem Make-up fertig war. Das fehlte gerade noch! Ich wurde immer deprimierter.

---

se trouve befindet sich
j’espère ich hoffe
ne ressemble pas trop à sa cousine nicht zu sehr ihrer Cousine ähnelt
occupe *hier:* in Beschlag nimmt

Doof bleibt doof, da helfen keine Pillen!

Ohne ein Wort zu reden, packte jeder seine Tasche aus. Wir waren alle drei müde von der Reise und den vielen neuen Eindrücken, vor allem Justus und ich. Hinzu kam die fremde Sprache. Ständig lief das Hirn auf Hochtouren, um auch ja alles zu verstehen, was gesagt wurde. Ich fühlte mich erschöpft. Ich hatte Hunger, und trotz der schönen Umgebung hatte ich keine Lust auf diese Ferien. Jean-Paul war nett, aber der Gedanke an diesen eigenartigen Marco und meine überkandidelte Cousine Maï machte mich ganz kribbelig. Von Tante Clara ganz zu schweigen. Sie würde wahrscheinlich täglich in unseren Bungalow geschneit kommen, um zu überprüfen, ob auch alles aufgeräumt war. Das war mir alles zu anstrengend. Ich dachte an die schönen Spaziergänge, die ich mit Simone an den breiten Stränden der Nordsee gemacht hätte. Justus, der alle seine Klamotten in einen der Wandschränke geräumt hatte, saß auf seinem Bett und spielte mit dem Handy. Es war wohl schon zu spät, um noch mit Monica zu simsen. Er hatte sich ein frisches T-Shirt angezogen und wartete nur einfach ab. Immanuel hatte seine Tasche auf seinem Bett ausgeschüttet und sich oben auf den ganzen Berg gelegt. Es sah so aus, als würde er bald einschlafen.

"Ich will ja nicht stören", sagte Justus plötzlich, "aber ich hätte noch Platz für ein Abendessen."
Ich sah ihn verdattert an. Abendessen? Es war doch schon nach elf Uhr.

Als Immanuel an der Rezeption die Tür öffnete, die nach hinten hinaus auf eine Terrasse führte, wurden wir mit einem lauten: "Ahhhhhhhhhhhh!" empfangen. An einem langen Tisch saßen unzählig viele Menschen. Glücklicherweise entdeckte ich Tante Clara. Sie stand auf, um uns zu begrüßen.
Sie war groß und blond und auch, wenn ihre Haut von der Sonne gebräunt war, war nicht zu übersehen, dass sie Deutsche war.
"**Bienvenue à Cassis, mes chéris!**", rief sie.
Immanuel näherte sich als erstes Maï, die er liebevoll in die Arme schloss. Man sah in ihrem perfekt geschminkten Gesicht, dass sie sich freute, ihn zu sehen, aber auch ihre Angst, dass er ihre dunkelrote Designer-Frisur zerstören konnte.
Ich atmete tief durch und strich mir durch mein super kurzes blondes Haar. Ich wäre am liebsten im Erdboden versunken. Aber Tante Clara sah mich strahlend an und tat so, als würde sie mich nochmals auf die Wange küssen.

Bienvenue à Cassis, mes chéris! Willkommen in Cassis, meine Süßen!

Dabei flüsterte sie mir ins Ohr: "Keine Sorge, mein Mädchen, die beißen nicht, und außerdem bin ich ja auch noch da."
Echt lieb von ihr. Das hatte ich nicht erwartet. Ich nickte ihr zu und setzte mich vorsichtig an den Tisch. Justus tat es mir nach.
"Kommt, ich stelle euch schon mal Maï vor. Und Marco."
Ach ja, Marco, den hatte ich schon fast wieder vergessen. Maï, die bereits auf Immanuel einplapperte, erhob sich schwerfällig von ihrem Stuhl, um auch uns zu begrüßen.
"Salut", säuselte sie.
"Hallo", antwortete ich unhöflicherweise auf Deutsch, aber ihr Getue nervte mich bereits.
"Et **voilà** Marco. Il habite à **Bruxelles** où on parle français aussi", stellte uns Tante Clara ihr Ferienkind vor.
Kaum zu glauben, dass dieser südländisch aussehende Junge mit leuchtenden, tiefbraunen Augen aus Belgien kam.
"Salut", begrüßten Justus und ich ihn gleichzeitig.
Marco verzog sein Gesicht zu einem gezwungenen Grinsen, während er sich mit einer Hand durch die dicken dunklen Locken fuhr, und sagte keinen Pieps.

---

voilà das ist
Bruxelles Brüssel

“**Vous allez bien vous entendre**”, versuchte Tante Clara die Situation zu entspannen. “**Servez-vous**, vous devez **avoir faim**.”
“Bon appétit alors”, sagte Maï und erhob sich von ihrem Stuhl. “**Je vais me coucher**, j’ai besoin d’un bon **sommeil réparateur**.” Sie drehte sich um und verließ den Tisch.
“Bonne nuit, **ma belle**!”, gab Immanuel ihr mit auf den Weg.
Irgendwie fand ich meinen großen Bruder ganz schön schleimig. Plötzlich war Tante Clara aus den hektischen Stimmen herauszuhören, die alle am Tisch durcheinander redeten.
“Attends Maï!”, rief sie ihrer Tochter hinterher, die so tat, als hörte sie nicht.
“Maï!” ertönte der Name meiner Cousine jetzt kräftig deutsch.
“**Qu’est-ce qu’il y a,** maman? Je suis fatiguée”, zierte Maï sich. Genervt warf sie ihre Haarpracht auf den Rücken. Aber ihre Mutter schien sich davon nicht beeindrucken zu lassen.

---

vous allez bien vous entendre ihr werdet euch gut verstehen
servez-vous bedient euch
avoir faim Hunger haben
je vais me coucher ich gehe ins Bett
sommeil réparateur Schönheitsschlaf
ma belle meine Hübsche
qu’est-ce qu’il y a was ist denn

“**Juste une seconde**, ma fille”, forderte Tante Clara und stand auf. Etwas unwirsch zog sie Maï zu unserer Seite, so dass ich gezwungen war zuzuhören.
“Mais maman, c’est **si important**? Ça ne peut pas attendre **jusqu’à demain**? **As-tu vu l’heure qu’il est?**”
“**Justement**, je voulais te parler de demain. Ce serait sympa **si** tu pouvais **faire visiter** les **environs** à Pia, Justus et Marco demain. Je suis **sûre** que cela leur **fera plaisir**. Tu leurs **montres** le **port** et la vieille **carrière** ...”
Schon wurde Tante Clara von Maï unterbrochen: “Tu sais très bien que j’ai **un tas de choses à faire**. **Nous préparons le concert** qui **aura lieu** dans dix

---

juste une seconde nur eine Sekunde
si important so wichtig
jusqu’à demain bis morgen
As-tu vu l’heure qu’il est? Hast du gesehen, wie spät es ist?
justement eben
si wenn
faire visiter besichtigen lassen
environs Umgebung
sûre sicher
fera plaisir Freude machen wird
montres zeigst
port Hafen
carrière Steinbruch
un tas de choses à faire einen Haufen Dinge zu erledigen
nous préparons le concert wir bereiten das Konzert ... vor
aura lieu stattfinden wird

jours. **En plus**, ils **ne** comprennent **rien** quand je leur parle." Maï war so wütend, dass ich dachte, sie würde jeden Augenblick mit dem Fuß aufstampfen.
"Qu'est-ce que cela veut dire, ils ne comprennent rien?", fragte Tante Clara jetzt einen Ton tiefer. "**Ils font tellement d'efforts** tous les trois, j'aimerais te voir **en Allemagne**. Demain, **tu t'occupes de nos invités**!" Damit war für Tante Clara das Thema beendet.
Maï verließ wutentbrannt die Terrasse.
Da sollte ich also den ganzen morgigen Tag mit diesen Doofheinis verbringen. Erschöpft stand ich auf.
"Bonne nuit", sagte ich und schaute in die Runde.
"Gute Nacht", dröhnte es aus den Mündern meiner Brüder.
Marco sagte nichts.

---

en plus außerdem
ne ... rien nichts
ils font tellement d'efforts sie strengen sich so sehr an
en Allemagne in Deutschland
tu t'occupes de nos invités kümmerst du dich um unsere Gäste

Ein teurer Spaß

"Sieh' mal, wer da kommt", sagte Justus und zeigte mit dem Kinn aus dem Fenster neben der Eingangstür zu unserem Bungalow.

Tatsächlich kam Tante Clara direkt auf uns zu. Sie lief den kleinen Weg durch den Vorgarten zu unserer Terrasse hoch und zupfte dabei hier und da trockene Blätter von den Oleandersträuchern ab. Dann bückte sie sich und stellte Immanuels Tennisschuhe, die er durch die Gegend gepfeffert hatte, ordentlich neben den Eingang, faltete ein am Boden liegendes Handtuch zusammen und legte es auf den kleinen Verandatisch.

"Au weia!", sagte ich, "sie wird tot umfallen, wenn sie die Unordnung hier sieht." Während ich kurz überlegte, wie ich in der uns verbleibenden Zehntelsekunde Abhilfe schaffen konnte, klopfte es auch schon an der Tür.

"**Entre!**", rief Justus und öffnete die Tür.

"Guten Morgen, meine Lieben", begrüßte uns Tante Clara freudestrahlend, "ich hoffe, ich störe nicht? Wie ich sehe, seid ihr schon fertig für den ersten Ferientag." Ihr Blick streifte in Windeseile durch unsere Behausung, aber sie machte keinerlei Bemerkung. "Ich wollte euch nur schnell sagen, dass Maï heute

---

Entre! Komm rein!

den ganzen Tag für euch Zeit hat, um euch ein bisschen die Gegend zu zeigen. Hättet ihr Lust?"
Ich musste grinsen, denn ich hatte ja die Szene am Vorabend mitbekommen. Dennoch antwortete ich: "Ja prima, tolle Idee. Wann denn?"
"Ihr solltet so früh wie möglich gehen, denn später ist es zu heiß", riet uns Tante Clara.

Von weitem sahen wir Maï, wie sie mit langem Gesicht an der Rezeption auf uns wartete. Ich beobachtete Tante Clara, die ihr einen strengen Blick zuwarf, und ganz schnell erhellte sich Maïs Gesicht: "Salut, avez-vous bien dormi?", fragte sie zuvorkommend.
"Oui, j'ai dormi comme un **loir**. Et toi?", antwortete ich fragend, wie es sich hier gehört.
Justus ging direkt zum Buffet. Nach wenigen Minuten kam er mit einem Teller voller Croissants und einem Glas Nutella zurück. Das war für mich, denn er weiß, wie sehr ich diese Schokoladen-Nuss-Creme liebe.
"J'adore le Nutella", sagte ich zu Maï.
"Je comprends, je **ne** mange **que** ça **le matin**", strahlte sie mich an, "mais attention, ça **fait grossir**."

---

loir Murmeltier
ne ... que nur
le matin morgens
fait grossir macht dick

"Pas de problème pour moi, c'est déjà fait", sagte ich. "Mais tu n'es pas **grosse**, tu es super **comme ça**. En plus, tu es grande ..."
Bloß nicht rot werden!
"Merci", brachte ich schüchtern hervor, als sie mir zwei mit Nutella beschmierte Croissants hinhielt.
"Bon, ne mangez pas trop. Maman nous a **préparé des sandwichs** et des boissons pour midi, **on pique-niquera** dans les Calanques."
"Où?", fragte Justus, der immer noch neben sich stand.
"**Chez les Romains!**" gab ich ihm patzig zur Antwort, ohne zu wissen, dass ich damit gar nicht so falsch lag.

Nach dem Frühstück machten wir uns auf den Weg zum Steinbruch. An manchen Büschen am Wegrand ratschte ich mir an klitzekleinen Stacheln die Waden auf.
Justus stand in Großbuchstaben ins Gesicht geschrieben, dass er diesen Marsch satt hatte. Mittlerweile war es fürchterlich heiß geworden, es musste ungefähr 12 Uhr sein, denn die weiße Sonne stand hoch

---

grosse dick
comme ça so
préparé des sandwichs Sandwichs gemacht
on pique-niquera werden ein Picknick ... machen
Chez les Romains! Bei den Römern!

im Zenit. Auch ein paar Mauerreste aus der Römerzeit hatten ihn nicht von seiner schlechten Laune befreien können. Erneut zog er sein Handy aus der Hosentasche und fluchte.

“Il **n**’y a **même pas** de **réseau** pour **téléphoner**”, schimpfte Justus. Dann hob er den Kopf und wandte sich provokativ an Maï: “Excuse-moi, **ma chérie**, mais c’est encore loin jusqu’à ta **fameuse** carrière?”

“**Trop marrant!**”, gab Maï zurück.

Wie die Enten watschelten wir hinter Maï über einen schmalen Holzsteg um den Hafen von Port Miou herum, in dem 500 Boote nebeneinander lagen. Die im Wind an den Mast schlagenden Segelleinen stimmten ein wie von einem Xylofon gespieltes Lied an.

Kurz bevor wir auf der anderen Seite in Richtung Steinbruch gingen, kamen wir an einem Segelboot vorbei, auf dem zwei Männer beschäftigt waren.

Maï, die direkt vor mir herlief, schüttelte plötzlich besonders auffallend ihr langes Haar auf den Rücken und zupfte an ihrem T-Shirt und ihren Shorts herum. Ich sah sie nun eher auf einem Laufsteg als in einer kleinen Hafenbucht. Je näher wir dem Boot kamen,

---

ne … même pas noch nicht einmal
réseau Netz
téléphoner telefonieren
ma chérie meine Süße
fameuse berühmten
Trop marrant! Sehr witzig!

umso langsamer lief sie. Als der jüngere der beiden Männer einen Eimer über Bord ausleerte und dabei Maï entdeckte, hielt er für eine kurzen Moment inne. Dann kam er, den leeren Eimer in der Hand, bis an den Steg und wartete, dass wir uns näherten. Sehr freundlich grüßte er Maï mit Namen.
"Salut!", knurrte Maï kurz angebunden zur Antwort.
Ich drehte mich zu Justus und Marco um.
Auch Justus hatte die Szene beobachtet und fragte Maï: "**Qu'est-ce qu'il t'arrive**?"
"Rien", antwortete sie ruhig. "Regardez!" Sie zeigte auf einen Vorsprung in der Steinwand auf der rechten

---

Qu'est-ce qu'il t'arrive? Was ist los mit dir?

Seite, der ungefähr 100 Meter vor uns lag. "Voilà, l'**ancienne** carrière! Jusqu'au **siècle dernier**, il y a eu une **exploitation industrielle** ici."
"C'est **moche!**", bemerkte ich, denn tatsächlich störte dieser Vorsprung das Landschaftsbild sehr.
"**Pendant presque cent ans**, le **calcaire** a été utilisé pour la **fabrication de la chaux**", erklärte Maï weiter.
"Et **à quoi servait-elle,** cette chaux?"
Marco hatte eine Frage gestellt! Ich verkniff mir eine Bemerkung. Auch Maï, die ebenfalls erstaunt war, zeigte ihre Überraschung nicht und beantwortete seine Frage ganz natürlich: "**Par exemple**, la pierre de Cassis a servi à construire le **socle** de la **Statue de la Liberté** à New York et les **quais** du **Canal de Suez** et ... à fabriquer du dentifrice."

---

ancienne alte
siècle dernier letzten Jahrhundert
exploitation industrielle Industriebetrieb
moche hässlich
pendant presque cent ans fast hundert Jahre lang
calcaire Kalkstein
fabrication de la chaux Herstellung von Kalk
à quoi servait-elle wozu diente er
par exemple zum Beispiel
socle Sockel
Statue de la Liberté Freiheitsstatue
quais Kaimauern
Canal de Suez Suezkanal

"Tu veux dire qu'on se **brosse les dents** avec ça?", fragte Justus und hob ein schmutziges Stück des orange-weißen Gesteins auf.
"Eh oui, c'est pour cela que tu as **mauvaise haleine** ..." Maï rannte wie ein Blitz auf den vor uns liegenden Steinbruch zu, denn sie ahnte, dass Justus ihr diese unverschämte Bemerkung heimzahlen würde. Da war Justus auch schon hinter ihr her. Das Eis schien gebrochen zu sein. Die beiden hielten sich die Bäuche vor Lachen, und Justus versuchte Maï ins Wasser zu werfen, aber sie schrie wie am Spieß, bis er schließlich von ihr abließ.
Als ich zu Marco hinüberschaute, sagte er nur: "**Qu'est-ce qu'ils sont bêtes!**"

Endlich fanden wir ein schattiges Plätzchen. Die tief in die dunkle Felswand führenden, grottenartigen Gänge waren zwar angenehm kühl, aber irgendwie gruselig. Überall lag altes Gerümpel herum und ein leichter Geruch nach Urin war nicht zu verleugnen. Ich ekelte mich.
"Je ne viendrais pas ici **dans la nuit**", spielte ich auf meine Angst an, um zu hören, ob es den anderen genauso erging wie mir.

---

brosse les dents die Zähne putzen
mauvaise haleine Mundgeruch
Qu'est-ce qu'ils sont bêtes! Was sind die blöd!
dans la nuit im Dunkeln

“**Moi non plus**”, kam es wie aus der Pistole geschossen von Maï herüber. “Et si nous mangions **un peu plus haut** sous les arbres, **qu’est-ce que tu en penses**, Marco?”
“**Je m’en fiche.** Je ne mange pas”, gab er von sich, ohne dabei den starren Blick vom Wasser zu nehmen.
“Mais pourquoi?”, wollte Maï wissen, wo Tante Clara doch alles so schön für uns hergerichtet hatte.
“**C’est comme ça!**”
Plötzlich vernahm ich ein Rascheln.
“**Chut!** Avez-vous entendu? **Ça bouge là-dedans!**”
Wie eine Wilde war ich aufgesprungen und hätte mir dabei fast am Felsvorsprung den Kopf gestoßen.
“Tu es un peu **hystérique**.” Das war Marco.
Aber ich sah ihn noch nicht einmal an, diesen doofen Heini.
“Si je comprends bien”, sagte Maï und biss herzhaft in ihr Käse-Schinken-Sandwich, das sie bereits ausgepackt hatte, “nous sommes trois à **avoir la trouille**.”

---

moi non plus ich auch nicht
un peu plus haut etwas weiter oben
qu’est-ce que tu en penses was hältst du davon
je m’en fiche ist mir doch egal
C’est comme ça! *hier:* Darum!
Chut! Pst!
Ça bouge là-dedans! Da drinnen bewegt sich was!
hystérique hysterisch
avoir la trouille Bammel haben

"**Comment ça**, trois?", fragte mein Bruder heldenhaft.
"**Tu es cap ou pas cap ...?**", fragte Maï und richtete sich an Justus.
"Quoi?"
"... d'entrer dans cette **grotte**!" Maï amüsierte sich. "Attention, ils ont déjà trouvé des **morts** ici!"
"Comment?", schrie ich bei dem Gedanken daran, dass hier vielleicht Leichen herumliegen könnten.
"Mais ce n'est pas possible. Vous êtes de vraies **poules mouillées**." Marco war in einem Satz auf die Füße gesprungen und zog Justus am Arm.

"Viens, on va leur **prouver**, à ces **nanas**, qu'**à part quelques morceaux de ferraille**, il n'y a rien ici."
So ganz überzeugt sah mein Bruder nicht aus, das sah ich ihm an. Aber er würde jetzt natürlich keinen Rückzieher machen. Wieder hörte ich ein Rascheln aus dem Dunkel heraus. Marco und Justus gingen dicht nebeneinander in die Grotte. Eine ganze Zeit lang hörte man kein Wort. Dann plötzlich schrie Jus-

---

comment ça wie meinst du das
Tu es cap ou pas cap ...? (**cap** umgangssprachliche Abkürzung für **capable**) Traust du dich oder nicht ...?
grotte Grotte
morts Tote
poules mouillées *hier:* Angsthasen
prouver beweisen
nanas Mädels
à part quelques morceaux de ferraille außer etwas Schrott

tus auf und ich sah, wie eine Art Eidechse aus dem Dunkel herausgelaufen kam.
“Ce n’est qu’une **tarente**”, erklärte Maï.
Kurz darauf schepperte es in der Grotte, und wir hörten Marco schimpfen: “Mais fais attention. **Et lache-moi, enfin.**”
“**Arrête de m’engueuler.** Je ne vois rien”, gab Justus zurück.
Gerade wollten wir laut loslachen, da hörten wir plötzlich ein panisches Geflatter, und sofort darauf kam Marco schreiend aus dem Dunkel herausgerannt.
“Qu’est-ce que c’était?”, fragten Maï und ich gleichzeitig.
“Je ne sais pas. C’était **atroce**. Quelque chose a volé au-dessus de ma tête. Peut-être un **vampire**...” Marco war außer sich.
“Ça doit être une **chauve-souris**”, meinte Maï ruhig.
Justus war immer noch in der Grotte. Plötzlich rief er: “Venez voir, il y a quelque chose de **bizarre**!”

---

tarente Gecko
Et lache-moi, enfin. Und lass mich endlich los.
Arrête de m’engueuler. Hör auf, mich anzuschnauzen.
atroce schrecklich
vampire Vampir
chauve-souris Fledermaus
bizarre Seltsames

Maï und Marco sahen sich fragend an.
“J'arrive”, sagte ich und ging schnurstracks zu Justus in die Höhle. Aus den Augenwinkeln sah ich den erstaunten Gesichtsausdruck von Maï und Marco. Ich war stolz auf meinen Bruder und mich. Und das mulmige Gefühl in meiner Magengegend sah man ja glücklicherweise nicht!

Langsam tastete ich mich vor. Ich war froh darüber, dass ich mich am Morgen für meine Tennisschuhe und nicht für die Birkenstocksandalen entschieden hatte. Ich stellte mir vor, wie es sich anfühlen musste, mit halb nackten Füßen hier zwischen dem ganzen Müll herumzustapfen ...

“Was ist los? Warum hast du gerufen?”, fragte ich meinen Bruder, der immer noch beschäftigt zu sein schien.
“Keine Ahnung, aber hier liegt etwas, das sich ganz kalt anfühlt.
“Oh mein Gott – ein Toter!” platzte es aus mir heraus.
“Qu'est-ce qu'il y a?”, schallte es von draußen zu uns herein. Maï und Marco schienen sich Sorgen um uns zu machen.
“Rien!”, antwortete ich, “**tout va bien**.”

---

tout va bien es ist alles in Ordnung

“Sag mal, spinnst du? Glaubst du wirklich, hier liegen einfach so Leichen herum, oder was? Hilf mir lieber, das Ding hier hochzuheben”, stöhnte Justus und rackerte sich an einem kühlen Gegenstand ab, den ich für einen Toten gehalten hatte.
“Das fass’ ich nicht an. Da hole ich lieber Marco.”
Bevor mein Bruder etwas einwenden konnte, hatte ich die Grotte bereits verlassen und stand wieder im warmen Sonnenlicht.
Marco atmete tief durch und ging schweren Schrittes zurück in die Grotte.
“C’était comment, là-dedans?”, fragte Maï mich, während wir auf die Fortsetzung warteten.

“Ça **pue**.”
Wir warteten, aber es tat sich nichts. Ab und zu hörten wir ein stöhnendes “**doucement**” oder “attention”, aber mehr nicht.
Dann hörte ich Justus zu Marco sagen: “Nous avons besoin de quelque chose pour **creuser**.”
Während die beiden den Steinbruch absuchten, starrten Maï und ich schweigend auf das in der Sonne glitzernde Wasser. Irgendwo sprang ein Bootsmotor an, und mit Geblubber verließ ein Boot an uns vorbei den Hafen.

---

pue stinkt
doucement langsam
creuser graben

“**Ils vont à la pêche**, n’est-ce pas?” fragte ich Maï. “Je ne sais pas, il est tard déjà”, gab sie mir zur Antwort.
Als plötzlich lautes Getöse aus der geisterhaften Grotte herausdröhnte, standen wir schnell auf, um zu sehen, was sie gefunden hatten. Ich warf einen letzten Blick auf das Boot und sah nur noch, wie die Männer am Hafenausgang den Anker warfen ...

“**Qu’est-ce que c’est?**” Maï traute ihren Augen nicht. Sie starrte auf das erdbeschmierte Etwas und schien zu überlegen, was es damit wohl auf sich hatte.
“**En tout cas**, ce n’est pas un mort”, konnte ich mir nicht verkneifen.
Maï und ich lachten.
“Attendez”, sagte Justus, der es eilig hatte, in die Grotte zurückzukehren. “**Il y en a encore.**”
Und schon waren die beiden Jungs wieder im Dunkel verschwunden.
Ich konnte es nicht fassen. Da hatten wir eine Ewigkeit gewartet, damit sie uns jetzt drei kindergroße alte Vasen vor die Füße legten.

---

ils vont à la pêche sie gehen angeln
Qu’est-ce que c’est? Was ist das?
en tout cas auf jeden Fall
il y en a encore es hat noch mehr davon

"**Mesdames**, **monsieur**", setzte mein Bruder feierlich an, "ce sont trois **amphores**."
"Qu'est-ce que cela veut dire?", wollte Marco wissen.
"Cela veut dire que ce sont des **vases** utilisées dans l'**Antiquité**", erklärte Justus weiter.
Jetzt sprachen wir bald alle vier durcheinander, so sehr aufgeregt waren wir. Jeder von uns hatte eine andere Theorie, woher die Vasen wohl stammen mochten. Wir lachten und kicherten und ließen unserer Fantasie freien Lauf. Aber dann bemerkten wir an Justus' Gesicht, dass ihn etwas beschäftigte.
"Dis-moi Maï, avez-vous un **accès internet** au **bureau**? Dans notre bungalow, je n'ai pas de **connexion**. Ou une **bibliothèque** à Cassis?"
"Oui, nous avons les deux ..."
"À l'hôtel, je ferai des **recherches**." Justus angelte in seiner Hosentasche nach seinem Handy und begann, die Tonvasen zu fotografieren.
Wir drei standen daneben und sahen zu.

---

mesdames meine Damen
monsieur *hier:* mein Herr
amphores Amphoren
vases Vasen
Antiquité Antike
accès internet Internetanschluss
bureau Büro
connexion Verbindung
bibliothèque Bücherei
recherches Nachforschungen

"Je veux **emporter** une de ces vases, pour mes recherches", schlug Justus plötzlich vor.
"**Ça ne va pas la tête!**", rief ich. "Elles ne t'**appartiennent** pas! Et si elles **datent** de l'Antiquité, elles **valent certainement cher**."
Darüber hatte offenbar noch niemand nachgedacht. Jetzt starrten wir alle Justus an, denn nur er konnte wissen, was solche Amphoren wert waren.
"Si ce sont de vraies amphores, elles valent ... une **FORTUNE**!"
Jetzt herrschte Totenstille.
Komischerweise war es Marco, der als erster wieder den Mund aufbekam: "Mais, **à votre avis**, **qui est-ce qui** les a cachées ici?"
"Cachées? Elles sont peut-être **entreposées** dans cette grotte", sagte Maï.
"**Tout au fond** de la grotte?", zögerte Justus, "**Cela me paraît étrange.**"

---

emporter mitnehmen
Ça ne va pas la tête? Spinnst du?
appartiennent gehören
datent (de) stammen (aus)
valent certainement cher sind ... bestimmt teuer
fortune Vermögen
à votre avis eurer Meinung nach
qui est-ce qui wer
entreposées zwischengelagert
tout au fond ganz hinten
Cela me paraît étrange. Das kommt mir komisch vor.

"Volées alors ...?", fragte ich.
Zusammen schleppten wir die schweren Amphoren wieder zurück in die Grotte. Dabei achteten wir weder auf die Dunkelheit, den Gestank, die Fledermäuse oder eventuell herumliegende Leichen!
Auf dem Weg zurück zum Hotel liefen Maï und ich hinter den beiden Jungen her, die eifrig darüber diskutierten, was es wohl mit den Vasen auf sich haben konnte. Kaum vorzustellen, dass sie sich noch vor einer Stunde gegenseitig angefaucht hatten.
"As-tu vu que tes amis ont **jeté l'ancre là-bas?**", fragte ich Maï.
Sie schaute gedankenverloren aufs Meer hinaus.

"Ce ne sont pas mes amis, et en plus, ce n'est pas le **bateau** des deux hommes qu'on a **croisés** au port, si tu parles de ça", antwortete Maï etwas allzu schnippisch.
"Mais **si**, j'ai vu l'un d'eux jeter l'ancre **tout à l'heure** et **depuis** ils sont là."
Erst sagte sie nichts, dann fragte sie mich plötzlich: "Tu as des **jumelles** dans ton sac à dos, **n'est-ce pas**?"

---

jeté l'ancre vor Anker gegangen
là-bas dahinten
bateau Boot
croisés begegnet
si doch
tout à l'heure vorhin
depuis seitdem
jumelles Fernglas
n'est-ce pas nicht wahr

"Oui, pourquoi?" erwiderte ich.
"Tu me les **prêtes**?"
"Bien sûr." Ich kramte in meinem Rucksack nach dem kleinen Etui und reichte es ihr.
Sie holte das Fernglas heraus und richtete es auf das Boot, das nach wie vor am Hafenausgang lag.
"C'est bien ce que je disais, ce n'est pas eux. À mon avis, ce sont des **touristes**. **Personne d'ici ne pêche à cet endroit**, il y a trop de **courants** et les gens le savent."
Also jetzt schlug es aber dreizehn! Als sie das Fernglas senkte, nahm ich es ihr aus der Hand und schaute ebenfalls in die Richtung. Einer der beiden Männer stand am Steuer und der andere, der sich gerade den Taucheranzug auszog, war – da war ich mir fast sicher – der junge Mann, der Maï gegrüßt hatte.

---

prêtes leihst
touristes Touristen
personne d'ici ne pêche à cet endroit niemand von hier angelt an dieser Stelle
courants Strömungen

Ein raffiniertes Spiel

Nachdem wir völlig geschafft wieder im Hotel angekommen waren, zog sich jeder in sein Zimmer zurück. Gerade als ich mir die Geschehnisse noch einmal durch den Kopf gehen ließ, betrat mein Bruder Immanuel das Zimmer.

Er hatte eine ganz rote Nase und seine Schulterblätter schienen auch zu viel Sonne abbekommen zu haben. Sein strubbeliges Haar stand wie immer in alle Richtungen.

"Wie war es bei dir?", fragte ich ihn.

"Super, du solltest mal mit uns mit dem Boot rausfahren, auch wenn du nicht tauchst. Er ist einfach genial."

"Apropos Boot, heute im Hafen von Port Miou haben wir auf einem Boot zwei Männer gesehen. Einer der beiden, ein junger Typ, hat Maï freundlich gegrüßt, aber sie war irgendwie komisch."

"Wie sah der Typ aus? Dunkle Haare, braungebrannt?"

"Südländischer Typ."

"Antonio!"

"Wer ist das?"

"Er kommt aus Sizilien. Angeblich hatte er dort Schwierigkeiten mit der Polizei. Genaues weiß ich nicht."

Einen Moment zögerte ich, Immanuel von den Tonvasen zu erzählen, die wir gefunden hatten, aber ich entschied mich vorsichtshalber dagegen. Als ich sah, dass er bereits die Augen vor Müdigkeit schloss, beachtete ich ihn nicht länger.

Nachdem mein großer Bruder eingeschlafen war, bürstete ich mir noch mal meine kurzen Haare. Ich stand vor dem Spiegel und versuchte mir vorzustellen, wie ich wohl mit Lippenstift und Wimperntusche aussehen würde. Ich dachte darüber nach, Maï zu bitten, mir ein bisschen Schminke auszuleihen, aber dann verwarf ich den Gedanken. Ein letzter Blick in den Spiegel – auch ich hatte etwas Farbe bekommen und meine Sommersprossen würden nicht mehr lange auf sich warten lassen – und schließlich verließ ich unseren Bungalow. An dem Haus angekommen, das Tante Clara und ihre Familie bewohnten, klopfte ich leise an Maïs Zimmertür. Es war gegen sechs Uhr, und bis zum Abendessen hatten wir noch Zeit. Ich dachte, dass sie vielleicht Lust hatte, mit mir zusammen in den Swimmingpool zu springen, aber Maï antwortete nicht.
"Maï? Tu es là?", fragte ich. Nichts. "Maï?"
Sie öffnete die Tür einen Spalt, verzog sich aber sofort wieder ins Innere ihres Zimmers.
Ich trat ein.
"Qu'est-ce qui se passe?" Sie schaute mich mit großen Augen an, offensichtlich erstaunt darüber, dass ich so einfach vor ihr stand.

"Je voulais aller nager à la piscine, tu viens avec moi?"
Maï strich sich über ihr frisch gewaschenes Haar.
"Non, tu sais, **je sors de la douche** ...", gab sie mir zur Antwort. "Et le brushing **m'a pris une heure**."
Ich machte Anstalten zu gehen.
"Attends!", hielt mich Maï zurück, "**on peut s'installer au bord de la piscine** sans que **je me baigne**", schlug sie mir vor und war bereits im Begriff, ein Handtuch und ihr Handy zu schnappen und in einen Bastkorb zu stopfen.
"Bonne idée!", freute ich mich.
Wir knallten die Tür hinter uns zu und liefen mit unseren Gummischlappen bis zum Swimmingpool.
Ich schmiss meine Siebensachen auf eine Liege neben der ihren und sprang ins Wasser. Am hinteren Beckenrand hatte man den Eindruck, dass das Wasser ins Endlose überschwappte. Man konnte es nicht anders sagen – es war traumhaft schön hier.
Ich zog noch ein paar Bahnen und gesellte mich dann zu Maï, die sich im Schatten eines Oleanderbaumes im Spiegel begutachtete.

---

je sors de la douche ich komme gerade aus der Dusche
m'a pris une heure hat eine Stunde gedauert
on pourrait s'installer au bord de la piscine wir könnten uns an den Swimmingpool setzen
je me baigne ich bade

"Un **paradis**!", sagte ich begeistert. "Tu as **vraiment** de la chance d'habiter ici. Est-ce que tes amis viennent souvent ici?"
"Tu sais, je n'ai pas beaucoup d'amis. À part Marine, avec qui je fais de la musique ... **et puis** ..." Sie hielt inne und sprach nicht weiter.
"Et puis?", bohrte ich.
"Et puis ... il y a Antonio, le garçon de ce matin sur le bateau. C'est vrai, je le connais, mais mon père ne veut pas que **je le fréquente**. **Pourtant,** il est super sympa!"
Ich sagte erst einmal nichts. Immanuel hatte mir die Geschichte ja etwas anders erzählt. Ich konnte allerdings verstehen, dass Maï nicht gern darüber sprach, dass ihr Freund Probleme mit der Polizei gehabt hatte.
"Mais pourquoi ton père ne l'aime pas?"
Maï überlegte einen Moment, bevor sie mir antwortete.
"C'est comme ça ...!", sagte sie schließlich kurz angebunden.
Wir schwiegen beide. Ich hätte mir gewünscht, dass sie sich mir anvertraute, denn ich wäre gern ihre Freundin geworden.

---

paradis Paradies
vraiment wirklich
et puis und dann
je le fréquente mit ihm befreundet bin
pourtant dabei

"Tu sais ce que j'ai fait, tout à l'heure?", fragte ich, um sie auf andere Gedanken zu bringen. "Devant le miroir, je me suis imaginée comment je serais, **si je me maquillais**." Ich kam mir etwas blöd vor, aber ganz gelogen war es ja nicht. Und – Maï war begeistert.

"**Tiens, ça tombe bien**, **j'ai ma trousse sur moi**. Viens, on **essaye**."

"Tu vois, tu devrais ..." legte Maï los und erklärte mir, wie ich am besten meine hellblauen Augen betonen, meine Lippen unterstreichen und mein Gesicht zum Ausdruck bringen konnte. Sie fachsimpelte ziemlich lange, etwas zu lang für meinen Geschmack ...

"Qu'est-ce que tu en penses de cette histoire de vases?", fragte ich, um der Kosmetikstunde ein Ende zu bereiten.

"**Aucune idée.** Ton frère **a l'air** de **s'y connaître**. Attendons les **résultats** de ses recherches. Il est installé devant l'ordinateur de mon père ..."

---

si je me maquillais wenn ich mich schminken würde
Tiens, ça tombe bien. Ach, das trifft sich gut.
j'ai ma trousse sur moi ich habe mein Schminktäschchen dabei
essaye probieren ... aus
Aucune idée. Keine Ahnung.
a l'air scheint
s'y connaître sich damit auszukennen
résultats Ergebnisse

"On y va?" Ich war jetzt auch neugierig geworden. Wir packten unsere Siebensachen zusammen und liefen zur Rezeption. Ob sich Justus' Vermutung bestätigt und wir wirklich antike Amphoren gefunden hatten? Und dieser Antonio? Was waren das für Probleme, die er in Italien gehabt hatte? Eines war klar: Maï wusste mehr, als sie sagte!

"Alors?", fragte Maï.
"Écoutez, d'après leur **forme**, il s'agit **effectivement** d'amphores anciennes, **plus précisément** d'**amphores Dressel**", sagte Justus mit absoluter Überzeugung.
"Amphores Dressel? Cela veut dire quoi?"
"C'est un type de vases antiques. Les amphores Dressel sont assez grandes, elles mesurent environ un mètre et demi. Regardez les photos!"
Tatsächlich entsprachen die Amphoren, die wir im Steinbruch gefunden hatten, genau den Fotos auf Justus' Laptop. Unglaublich!
"Mais elles viennent d'où, alors?", fragte Marco.
Ganz gespannt warteten wir auf Justus' Anwort.

---

forme Form
effectivement tatsächlich
plus précisément genauer gesagt
amphores Dressel Dressel-Amphoren (Ende des 19. Jahrhunderts nach dem deutschen Archäologen Heinrich Dressel benannt)

"Aucune idée. **Certaines** amphores portent un **estampillage**."
"Et pourquoi?", fragte ich.
Justus erklärte uns: "L'estampillage **indique leur origine**."
Ich konnte mir nicht vorstellen, wie ein Tintenstempel nach so langer Zeit noch sichtbar sein sollte.
"Mais non!", sagte Justus, "c'est une **gravure** dans l'**argile** de l'amphore. J'ai regardé les photos que j'ai prises avec mon **portable**, mais c'est trop **flou**."
"**Fais voir**." Maï rückte an ihn heran und versuchte, die Stempelprägung auf dem Bildschirm zu entziffern. "Je vois un serpent dans une cage!"
Justus musste grinsen. "Nous devons **retourner** à la carrière pour **vérifier** l'estampillage."
Ich erinnerte mich nur ungern an die unheimliche Grotte.
"Très bien", sagte Maï, "demain, on retournera à la carrière – mais en bateau! Comme ça, on peut **faire**

---

certaines bestimmte
estampillage Stempel
indique leur origine bezeichnet ihre Herkunft
gravure Gravur
argile Ton
portable Handy
flou unscharf
fais voir zeig mal
retourner zurückkehren
vérifier *hier:* nachzusehen

du snorkeling. C'est super!" Sie zwinkerte mir zu und gab mir irgendwie das Gefühl, dass sie etwas im Schilde führte.
"Comment ça?" wunderte sich Justus.
"Je veux **persuader** mon père de nous **prêter** le bateau demain pour aller voir **sur place**."
"Et qui est-ce qui **conduira** le bateau?" Justus war skeptisch.
"Ton frère Immanuel!" Maï war stolz auf ihre geniale Idee.
Und ich war glücklich bei dem Gedanken, dass wir am nächsten Tag alle zusammen mit Immanuel aufs Meer hinausfahren würden.

Wir liefen mit Schnorchelmaterial, Handtüchern und Wasserflaschen beladen über einen kleinen Steinweg zur Tauchschule. Die Sonne stieg immer höher, brannte immer heißer, und wir hatten vorsichtshalber alle eine Kopfbedeckung auf. Ich bereute, nur ein Trägerhemd und nicht wie die anderen ein vor der Sonne schützendes T-Shirt angezogen zu haben. Meine Schultern brannten jetzt schon, und wir waren noch nicht einmal auf dem Boot angekommen.

---

faire du snorkeling schnorcheln gehen
persuader überreden
prêter *hier*: zur Verfügung stellen
sur place an Ort und Stelle
conduira wird ... steuern

Als hätte Marco meine Gedanken erraten, sagte er: "Tu n'as pas mis de crème solaire ce matin? Tu es toute rouge."
Ich drehte mich zu ihm um und schüttelte nur mit dem Kopf.
"Regardez", rief Maï, "ils sont là, à mon avis, ils attendent un **groupe**. Vite, c'est le moment **idéal**."
Sie lief los und wir drei hinter ihr her. Wir luden unser Schnorchelmaterial auf einem Tisch ab und gingen zu dem Steg, auf dem Jean-Paul und Immanuel tatsächlich auf eine Gruppe Touristen warteten, die sich für einen Tauchkurs angemeldet hatten.

"Salut, les jeunes", begrüßte uns Jean-Paul, "sympa de venir nous voir."
"Papa", legte Maï sofort los, "tu as vu la belle journée qu'il fait. Un **temps rêvé** pour faire du snorkeling."
"C'est vrai, il fait très beau aujourd'hui", stimmte Jean-Paul zu und zog sein vibrierendes Handy aus der Hosentasche.
"**Allô!** Oui... je comprends ... non ce n'est pas **grave**, demain **à la même heure** alors. Bonne journée."

---

groupe Gruppe
idéal idealer
temps rêvé traumhaftes Wetter
Âllo! Hallo!
grave schlimm
à la même heure zur gleichen Zeit

An Immanuel gewandt sagte er: "Les trois **Anglais** ne viennent pas. Bon, nous attendons le prochain groupe, **d'accord**?"
Mein Bruder verzog nur leicht den Mund, sagte aber nichts.
"Et vous alors, **quel est votre programme** pour aujourd'hui?", fragte er uns freundlich.
Ich war gespannt, wie Maï es anstellen würde, dass er uns die Bootsfahrt erlaubte.
Aber es schien ihr in keiner Weise Schwierigkeiten zu bereiten, an ihr Ziel zu gelangen.
Sie fragte geradeheraus: "Tu nous prêtes le bateau? **J'aimerais tant** montrer à Justus, Pia et Marco comment elle est belle notre **Mer Méditerranée**. Nous voulons faire du snorkeling. S'il te plaît, **papou**, dis oui!"
Jean-Paul schien an ihr Getue gewöhnt zu sein und schüttelte nur den Kopf. "Et qui est-ce qui conduira le bateau? Toi?", fragte er spöttisch. Doch dann sagte er plötzlich: "Vous avez **raison**. C'est une journée

---

Anglais Engländer
d'accord einverstanden
Quel est votre programme? Was steht auf eurem Programm?
j'aimerais tant ... ich würde so gern ...
Mer Méditerranée Mittelmeer
papou Papilein
raison recht

magnifique pour faire du snorkeling. Immanuel pourrait venir avec vous et conduire le bateau."
Maï jubelte: "Oh papa, tu es **le meilleur papa du monde** ... !"
"Allez-y alors", seufzte Jean-Paul, "et **passez** une bonne journée. Les clés du bateau sont sur mon bureau. Et **soyez prudents**. **Je compte sur toi**, Immanuel!"
Immanuel nickte, was so viel bedeutete wie: Mach dir mal keine Sorgen, ich habe die Bande unter Kontrolle!

Wir luden unsere sieben Sachen auf das weiße Motorboot. Immanuel gab uns kurze Instruktionen für den Notfall und zeigte uns unter anderem die Schwimmwesten, das Funkgerät, den Verbandskasten. Maï und ich hörten kaum hin. Was sollte uns auf dem kurzen Weg zum Hafen schon passieren? Wir machten es uns lieber auf den blauweiß gestreiften Kissen an Deck bequem. Als ich so in die Runde schaute, musste ich zugeben, dass die Ferien hier in Südfrankreich eigentlich gar nicht so schlecht waren. Es fiel mir sogar auf, dass ich seit meiner Ankunft kaum Zeit gehabt hatte,

---

le meilleur papa du monde der beste Papi der Welt
passez verbringt
soyez prudents seid vorsichtig
je compte sur toi ich verlasse mich auf dich

an Simone zu denken. Natürlich war sie immer noch meine beste Freundin, aber ich fand Maï auch ganz nett, trotz ihres Getues – oder vielleicht gerade deswegen. Sie war eben so ganz anders als die Mädchen, die ich in Deutschland kannte. Dann schweifte mein Blick in die Richtung der Jungen und blieb schließlich an Marco haften. Er sagte wie immer wenig, aber irgendwie fand ich ihn nett.
Als er bemerkte, dass ich ihn beobachtete, griff er in seinen Rucksack und reichte mir eine Tube Sonnencreme.
"**Mieux vaut tard que jamais**", war alles, was er als Kommentar dazu abgab.
Dann rauschte das Boot über die kristallklare Wasseroberfläche, und wir alle genossen den warmen, aber dennoch erfrischenden Wind, der uns durch die Haare rauschte. Wir juchzten jedes Mal, wenn wir eine über den Bootsrand schwappende Welle oder Spritzwasser abbekamen. Die Leichtigkeit, mit der mein Bruder Immanuel das Boot manövrierte, beeindruckte mich. Jetzt konnte ich verstehen, dass er seit letztem Sommer immer wieder von den Ferien hier geschwärmt hatte. Ich würde Simone auch alles bis ins kleinste Detail erzählen …
Da entdeckte ich in einer Ecke neben dem Steuer eine Druckluftflasche und eine schwarze Kleidung.

---

mieux vaut tard que jamais besser spät als nie

Ich stand auf, um mir die Ausrüstung aus der Nähe anzusehen.
"C'est une **combinaison de plongée**?", fragte ich und drehte mich nach Immanuel um.
"Bien sûr!", antwortete er. "Elle est à moi, Jean-Paul me l'a prêtée." Er legte mir liebevoll seinen rechten Arm um die Schulter. Mit der anderen Hand steuerte er weiterhin gelassen unser Boot auf das azurblaue Meer hinaus, und das Kielwasser malte glitzernde Muster ins Meer.

Das Boot passierte einen kleinen Sandstrand, und sofort danach tat sich eine neue weiße, kleine Felswand auf, die bis zum Hafen hin gewaltig anstieg. Während unser Boot langsam die kleinen Wellen überrollte, wechselten sich Feigen- und Olivenbäume mit dunkelgrünen Pinien ab. Die Mittagshitze stand flirrend über uns, und immer wieder wischte ich mir mit dem Handrücken den Schweiß von der Stirn.
"**Arrête** là-bas, à l'entrée du port. Nous voulons faire du snorkeling!", rief Marco.
"Non, il y a toujours des courants ici", wandte Immanuel ein. Schade, ich konnte es auch kaum erwarten, endlich ins Wasser zu springen.

---

combinaison de plongée Taucheranzug
arrête halt ... an

"Oui, mais aujourd'hui, la mer est **tout à fait** calme", sagte Maï. "**C'est une mer d'huile!**"
Immanuel nahm langsam die Geschwindigkeit zurück und näherte sich schräg den Felsen, die sich nun direkt über uns türmten. Er manövrierte den Motor und gleichzeitig das Ruder mit einem Seil. Während Marco und Justus ihm halfen, den Anker zu werfen, kramten wir Mädchen nach unseren Flossen und Masken.
Da wandte Maï sich scheinheilig an Immanuel: "S'il te plaît, Immanuel, montre-nous comment tu **plonges** alors. Nous aimerions bien voir s'il ya quelque chose d'intéressant dans la mer." Sie sah Immanuel eindringlich an.
Und tatsächlich zog er seine Ausrüstung an. Dieses Mädchen schaffte es offenbar sogar, meinen Bruder um den Finger zu wickeln.
Nachdem Immanuel sich mühevoll den knallengen Neoprenanzug übergestreift hatte, war er jetzt mit dem Mundstück zwischen den Zähnen und der Druckluftflasche auf dem Rücken nicht mehr wiederzuerkennen. Mit einem lauten Platscher sprang er ins Wasser. Es musste toll sein, die Welt dort unten aus nächster Nähe zu sehen.

---

tout à fait völlig
C'est une mer d'huile! Das Meer ist spiegelglatt!
plonges tauchst

Erwartungsvoll beugten wir vier uns über den Bootsrand und versuchten, etwas zu erspähen. Wie durch eine Glasscheibe beobachteten wir, wie bunte Fische sich kleine Fliegen von der Wasseroberfläche schnappten. Nur in Büchern hatte ich dermaßen viele bunte Fische gesehen. Ich war gespannt auf den Moment, wo auch ich mit Maske und Schnorchel Schwämme und Seeigel entdecken würde. Da tauchte Immanuel plötzlich auf der anderen Bootsseite auf. Er spuckte das Mundstück aus und schob die Taucher-maske hoch. "C'est bizarre. Il y a quelque chose **en bas**", sagte er ganz außer Puste.

Maï wurde unruhig. "Comment ça?", fragte sie.

"Qu'est-ce qu'il y a?", wollte ich jetzt auch wissen.

"Je ne sais pas exactement. C'est peut-être un **filet de pêche** ... ou peut-être ..."

"Ou ...?", fragte Marco.

"Je ne sais pas, c'est bizarre ...", antwortete Immanuel zögernd.

"Mais va voir alors, on veut savoir!" Justus wurde ungeduldig.

Ich lachte in mich hinein. Was mein Bruder wohl erwartete? Immanuel würde wahrscheinlich mit einem Netz voller Fische fürs Abendbrot auftauchen. Aber Justus schien ganz außer sich zu sein.

---

en bas da unten
filet de pêche Fischernetz

"Doucement **frangin**, **passe-moi plutôt** mon appareil photo qui est dans mon sac à dos!", sagte Immanuel bestimmt.
Schweigend folgte Justus dem Befehl seines großen Bruders und griff in dessen Tauchrucksack, um ihm kurz darauf die blaue Unterwasserkamera zu reichen, die Immanuel geschickt an seinem Bleigürtel befestigte.
Dann verschwand er ohne ein weiteres Wort wieder in der dunklen Unterwasserwelt.

---

frangin Bruderherz
passe-moi plutôt reich mir lieber

Abenteuerliche Unterwasserwelt

Wir alle starrten weiterhin aufs Wasser, aber trotz der Klarheit und des hellen Lichts war nichts zu erkennen. Die Zeit erschien uns endlos lang zu sein, und wir alle gingen unseren Gedanken nach, als plötzlich kräftig ans Boot geklopft wurde. Erschrocken eilten wir zurück auf die andere Seite. Ein Taucher in leuchtend blauem Anzug stemmte uns Immanuel wie mit Geisterhand entgegen.

Immanuels Gesicht war blutüberströmt.

Zu viert packten wir meinen Bruder und hievten ihn samt Druckluftflasche ins Boot. Nur am Rande bekamen wir mit, dass der andere Taucher ohne eine Erklärung wieder in den Fluten verschwand. Aber das war uns zunächst egal. Mir pochte das Herz in den Schläfen. Ratlos sahen wir uns an. Dann nahmen wir Immanuel vorsichtig die Tauchermaske ab und zogen den Reißverschluss seiner Kombi auf.

"Ça va?", fragte ich ihn ruhig.

"Ça va", bekamen wir leise als Antwort zurück.

"**Que s'est-il passé?**", drängte Justus.

"Attends, laisse le **tranquille**!" Ich konnte nicht glauben, wie unsensibel Jungen manchmal sein konnten.

Que s'est-il passé? Was ist passiert?
tranquille in Ruhe

In der Zwischenzeit hatte Marco den Verbandskasten gefunden, und ich begann behutsam die Wunde zu desinfizieren. Tatsächlich war es nur eine kleinere Platzwunde. Das Blut hatte sich mit dem Wasser vermischt und so den Eindruck verschafft, als würde es in Strömen fließen. Ich drückte ihm die Watte auf die blutende Stelle, während die anderen Immanuel mit Fragen bombardierten.

"**As-tu mal à la tête?**", erkundigte sich Maï.

"Non, ça va mieux", sagte Immanuel, nahm das Wattestück aus meiner Hand und setzte sich auf. "C'était **étrange**."

Er schloss die Augen und sagte einen Moment lang nichts. Schweigend warteten wir, dass er sich erholte.

"Quoi?", schoss es aus Justus Mund.

"D'abord", begann Immanuel zu erzählen, "je pensais que c'était un **rocher allongé** que je voyais **en dessous de moi**, mais après, j'avais des **doutes**. Alors, je suis **descendu** jusqu'à environ trente mètres ... Et là, vous n'allez pas le croire ...", er nahm einen Schluck aus der Wasserflasche, die Marco ihm reichte, während uns das Herz vor Aufregung ste-

---

As-tu mal à la tête? Hast du Kopfschmerzen?
étrange merkwürdig
rocher allongé länglicher Stein
en dessous de moi unter mir
doutes Zweifel
descendu *hier:* abgetaucht

hen blieb, "il y a un vieux bateau en bas, une **épave**."
Maï war bleich und Justus starrte unseren großen Bruder ungläubig an.
"Ce n'est pas possible!", sagte er. "J'espère que tu as pris des photos."
"Oui, mais c'était une **erreur**."
"Pourquoi?", fragte ich.
Immanuel spannte uns wirklich auf die Folter, aber der Arme war immer noch ganz aus der Puste.
"L'appareil photo m'a **glissé de la main** et je l'ai perdu dans l'eau. Je me suis **penché en avant** pour le **rattraper**. Et ma **bouteille d'oxygène** s'est **accrochée** à l'épave. Et comme un idiot, j'ai tiré ... et là, **je me suis cogné la tête**."
"Oh là là", bemerkte ich.
"Pour un **instant,** je n'avais plus d'oxygène. Je peux vous dire que j'ai eu peur."
Wieder trank Immanuel einen Schluck Wasser. Ich dachte darüber nach, wie viel Glück er gehabt hatte.

épave Schiffswrack
erreur Fehler
glissé de la main aus der Hand gerutscht
penché en avant nach vorne gebeugt
rattraper aufzufangen
bouteille d'oxygène Sauerstoffflasche
s'est accrochée ist hängengeblieben
je me suis cogné la tête habe ich mir den Kopf angestoßen
instant Augenblick

"Et puis, **quelqu'un** m'a aidé à **remonter**."
"Mais qui c'était?", fragte Maï aufgeregt.
Ich bemerkte, dass Immanuel zögerte, bevor er antwortete: "Je ne sais pas."

Ich entschuldigte Immanuel wegen Kopfweh und brachte ihm später das Abendessen ins Zimmer. Tante Clara und Jean-Paul mussten ja nicht unbedingt von dem Zwischenfall erfahren. Nachdem ich Immanuels Abendgeschirr abgeräumt hatte, ließ ich ihn in seinem Zimmer zurück, denn er war mittlerweile eingeschlafen. Es war noch nicht spät, denn wir hatten früh zu Abend gegessen, da vor lauter Aufregung das Mittagessen ausgefallen war. Deshalb beschloss ich noch mal, nach den anderen zu sehen. Als ich beim Herausgehen meinen Schlüssel vom Tisch nahm, stieß ich an Immanuels Unterwasserkamera. Und plötzlich kam mir eine Idee. Ich schnappte den Fotoapparat, verließ unseren Bungalow und steuerte direkt auf Jean-Pauls Büro zu, in dem Justus vor dem Computer saß und Nachforschungen im Internet machte. Marco und Maï schauten ihm dabei über die Schultern.
"Alors?", fragte ich in den Raum.
"**J'ai continué mes recherches sur internet**."

---

quelqu'un jemand
remonter aufzusteigen
j'ai continué mes recherches sur internet ich habe weiter im Internet nachgeforscht

"Et qu'est-ce que tu as trouvé?"
"Les amphores Dressel étaient utilisées **en Italie** entre le **IIe siècle avant Jésus-Christ** et le **IIIe siècle après Jésus-Christ**", erklärte Justus.
"**Voilà!**" sagte Marco.
"Et comment une amphore **italienne** de l'Antiquité est arrivée en France?", bemerkte Maï spitz.
Ohne ein Wort zu sagen, hielt ich Immanuels Unterwasserkamera in die Luft: "Voilà!"
Die drei versuchten, mir zu folgen.
Dann schlug sich Justus vor die Stirn. "Que je suis **bête**, bien sûr!"
"Mais attendez, cela veut dire qu'il y a une **relation** entre l'épave de ce matin et les amphores que nous avons trouvées?" Marco war plötzlich ganz aufgeregt. Und da war er nicht der einzige. Wir alle sahen erwartungsvoll zu, wie Justus den Fotoapparat an den Computer anschloss, um die Fotos hochzuladen.
"Et le **plongeur** qui a remonté Immanuel", sagte Justus währenddessen, "il n'était pas là-bas **par hasard**!"

---

en Italie in Italien
IIe siècle avant Jésus-Christ 2. Jahrhundert vor Christus
IIIe siècle après Jésus-Christ 3. Jahrhundert nach Christus
Voilà! Da haben wir's!
italienne italienische
bête doof
relation Zusammenhang
plongeur Taucher
par hasard zufällig

Uns verschlug es die Sprache. Darüber hatte noch keiner von uns nachgedacht.
Dann unterbrach Maïs Stimme die Stille: “Mais Immanuel n’a pas dit qu’il y avait des amphores là-bas, il a parlé d’un bateau”, sagte sie.
“Regardez!” Justus zeigte auf den Bildschirm seines Laptops, auf dem mittlerweile Unmengen von Fotos geladen waren. Immanuel hatte perfekte Arbeit geleistet. Tatsächlich waren teils im Sand vergrabene und teils mit Neptungras bedeckte Schiffsteile auf dem Meeresgrund zu erkennen.
“Vous voyez, il y a une épave, mais pas d’amphores.” Maï schien diese Vorstellung zu beruhigen.
“Attends, je vais **agrandir** les photos.” Justus drückte die Zoomtaste. Die Umrisse waren nun größer, aber auch undeutlicher.
“Là, je vois des morceaux d’amphores”, vermutete Marco.
“Mais tu rêves ...”, konterte Maï, “on ne voit rien, c’est tout flou.”
“**Pas du tout**”, mischte sich Justus ein. “Regardez!”
Tatsächlich stand auf einem Foto eine sandbedeckte Amphore vor einem weit ins Meer hinein reichenden Felsvorsprung. Da gab es keinen Zweifel.

---

agrandir vergrößern
pas du tout überhaupt nicht

"**Bingo!** Je vais essayer de voir si elle a un estampillage."
"Je veux le savoir **tout de suite**!", drängte Marco. Er schubste Justus quasi vom Stuhl und nahm seinen Platz ein.
Zwar wurden die Fotos immer undeutlicher und die Tonerde, aus der die Amphoren gefertigt waren, sah aus wie Sand. Wie die Äffchen klebten wir an Marcos Rücken, gespannt, irgendeinen Hinweis zu ergattern.
"Là!" Justus zeigte mit seinem Finger auf ein paar Striche, die sich am Bildschirm zeigten.
"C'est un estampillage, ça?", fragte Marco enttäuscht.

"Oui, parfois, on y trouve même des indications sur le **contenu** de l'amphore." Justus war ganz in Gedanken.
Die Römer füllten offensichtlich Wein, Öl oder auch Fischsoße in ihre Amphoren, die sie lagerten, wie wir unsere Plastikschachteln heute in die Tiefkühltruhe packen.
Dann starrte ich wieder auf den Bildschirm und suchte nach Anhaltspunkten. Erst hatte ich so meine Zweifel, aber dann war ich mir sicher. Ich sah tatsächlich mehr als nur einen Strich.

Bingo! Volltreffer!
tout de suite sofort
contenu Inhalt

"Je vois un S et un E", bemerkte ich, "avec un peu de **fantaisie**, bien sûr!"

Am darauffolgenden Tag standen wir alle früh auf. Immanuel war bereits mit Jean-Paul in die Taucherschule gegangen. Er hat sich ein frisches Pflaster auf die Wunde geklebt und vorgegeben, sich beim Toben mit Justus am Türpfosten seines Zimmers gestoßen zu haben. Und Maï war bei den Proben für das Musikkonzert, das am Abend vor meinem 13. Geburtstag und unserer Abreise nach Deutschland stattfinden würde. Justus, Marco und ich brachten einige Zeit mit dem Frühstück zu.
"L'amphore sur la photo", sagte Justus, "**ressemble** beaucoup à celles que nous avons trouvées dans la grotte."
"Retournons à la carrière **à pied**", schlug ich vor. "Il y aura peut-être des **indices**."

Wir waren schneller zurück, als uns lieb war, denn die Amphoren im Steinbruch waren alle verschwunden. Als Maï am Nachmittag von den Proben zurückkam, setzten wir uns im Freien hin und diskutierten,

---

fantaisie Fantasie
ressemble gleicht
à pied zu Fuß
indices Indizien

wer die Amphoren wohl aus ihrem Versteck geholt haben mochte.
"Regardez, des **pêcheurs**", sagte Marco, als plötzlich ein weißes Boot in die Bucht steuerte.
Ohne gesehen zu werden, konnten wir beobachteten, wie ein Mann sein Netz auswarf. Allerdings wartete er nicht lange, um es wieder ins Boot einzuholen, was uns komisch vorkam. Normalerweise mussten Fischer mehr Geduld aufbringen, bis sie ein paar Fische erwischt hatten. Aber unser Mann schien auf die Schnelle einen ganz besonders dicken Fang gemacht zu haben, denn es bedurfte einiger Anstrengung, den Riesenfisch ins Boot zu hieven.

"Quel morceau!", bemerkte Justus richtig, "Il y a des poissons si grands ici?"
"Oui, c'est étrange", überlegte Marco laut.
Der Fischer warf sein Netz erneut aus.
"Regardez!", entfuhr es mir.
Ein Taucher war jetzt aus dem Meer ins Boot hinauf gestiegen und dem Fischer dabei behilflich, das Netz einzuziehen, in dem diesmal gleich zwei Fische auf einmal gefangen gehalten wurden. Dann setzte er seine Sauerstoffflasche ab, nahm die Maske vom Kopf und streifte den Taucheranzug ab, während der Fischer den Motor des Boots anwarf und davonfuhr.
"Ce n'est pas possible!", entfuhr es Maï.

---

pêcheurs Fischer

Fischers Fritz fischt frische Fische!

Auf fast jedem Fenstersims saß eine Katze, und vor fast jedem Türeingang standen unzählige bunte Blumentöpfe. Die gegenüberliegenden Häuserfronten waren mit Wäscheleinen verbunden, an denen Unterhosen, T-Shirts und Bettwäsche flatterten. Ich stellte mir dieses Bild bei uns im Rheinland vor. Da es nur noch eine Woche bis zu Maïs Konzert war, probte sie jeden Nachmittag, und so hatten wir beschlossen, gemeinsam mit ihr am Morgen den Wochenmarkt auf dem Place Baragnon zu besuchen. Eine Mischung aus Lavendel, Rosmarin und Gewürzen lag in der warmen Luft, und es herrschte ein aufgeregtes Treiben an den Obst- und Gemüseständen, wo die Verkäufer lauthals ihre Waren anpriesen. Maï erinnerte uns daran, dass wir für Tante Clara noch Fisch für die ***Sardinade*** am Abend besorgen mussten. Und so schlenderten wir durch die kleinen gepflasterten Gassen des Hafendorfs bis zum Fischstand. Wir stellten uns in die Reihe vor einem Verkaufswagen, in dem hinter Preis- und Namensschildern unzählige Fische nebeneinander auf Eis ausgelegt waren: **crevettes**,

---

Sardinade südfranzösisches Sardinengericht
crevettes Garnelen

calamars, **sardines**, **oursins** ... Anfangs hörten wir noch Maï zu, die uns aufgeregt von dem neusten Song erzählte, den sie bei dem Konzert vortragen würde. Als sich aber die Kundin vor uns verabschiedete und wir an der Reihe waren, erschraken wir, als wir in dem Verkäufer den Fischer vom Vortag wiedererkannten.

"Bonjour Monsieur", grüßte Maï unbefangen "il vous reste des sardines?"

"Bien sûr, ma belle, combien **t'en faudra-t-il**?", antwortete der Mann freundlich.

"Trois **kilos**, s'il vous plaît", bestellte Maï.

Während der Mann den Fisch auswählte, unter einer Wasserbrause absprühte, trocknete und abwog, beobachtete ich ihn ganz genau, um vielleicht etwas Verdächtiges an ihm feststellen zu können. Der Mann legte eine Plastiktüte mit dem Fisch auf die Theke.

"Cela fera douze euros", sagte er.

Maï gab ihm das Geld, bedankte sich, und fragte plötzlich und völlig unerwartet: "Ce poisson, c'est celui que vous avez **pêché** hier?" Ich hielt die Luft an und spürte, wie mir das Herz in die Hose rutschte.

---

calamars Tintenfische
sardines Sardinen
oursins Seeigel
t'en faudra-t-il *hier:* soll es sein
kilos Kilo
pêché *hier*: gefangen

Ehe wir uns versahen, lief der Verkäufer knallrot an und schrie: "Bande d'**imbéciles**! **Cassez-vous de là**, allez!" Während er uns weiter mit den hässlichsten Ausdrücken beschimpfte, schnappten wir die Tüte mit dem Fisch und machten, dass wir wegkamen.
"Mais il est **fou**", sagte Maï entsetzt, und die Angst, die ihr plötzlich im Gesicht geschrieben stand, war nicht zu übersehen.

Am Eisstand wurde die Schlange hinter uns immer länger. Glücklicherweise spendete das Sonnendach, unter dem Justus und ich in der Mittagshitze auf unser Eis warteten, etwas Schatten. Immer wieder musste ich den Cap Canaille, eine der höchsten Steilküsten Europas bewundern, der sich in 360 Meter Höhe rot leuchtend über Cassis erhob.
Maï und Marco hatten es sich unter der großen, alten Standuhr bequem gemacht und sahen den alten Südfranzosen beim Boule-Spiel zu, während wir unser Eis kauften.
"Sieh' mal, dort!", stieß mich Justus an.
Dann sah ich ihn auch.
Antonio kam schnellen Schrittes auf Maï zugelaufen und redete nun energisch auf sie ein. Vom Eisstand

---

imbéciles Idioten
Cassez-vous de là! Haut bloß ab!
fou verrückt

aus konnten wir allerdings nicht verstehen, was er sagte, auf jeden Fall aber brachte Maï kein Wort heraus, und das bedeutete nichts Gutes.
"**Une boule de citron**, s'il vous plaît", bestellte ich mein Eis und versuchte dabei, die Situation nicht aus den Augen zu verlieren.
"Et moi, je prends un **cornet** avec une boule de fraise".
Hastig nahm Justus sein Eis, wir bezahlten und liefen in Richtung Standuhr.

"Vous ne pouvez pas vous imaginer", sagte Marco ganz aufgeregt. "Il nous a **menacés**!"
"Tu **exagères**", entgegnete Maï. "Il a **juste** dit que nous ne devons pas parler avec ce pêcheur, c'est tout."
"Non, ce n'est pas vrai. Il a dit: **occupez-vous des vos affaires**, c'est un **avertissement**!" Marco war außer sich.
"S'il vous plaît, ne dites rien à personne!", flehte Maï unerwartet.

---

une boule de citron eine Kugel Zitroneneis
cornet Waffeltüte
menacés bedroht
exagères übertreibst
juste nur
occupez-vous de vos affaires kümmert euch um eure Angelegenheiten
avertissement Warnung

"Pourquoi?" Justus wurde stutzig.
"Antonio a déjà eu des problèmes avec la police italienne et on le **soupçonne** de faire du **trafic d'antiquités**! Mais je suis sûre qu'il ne fait **rien de mal**."
Jetzt war es heraus! Maï hatte endlich den Mut gehabt, uns die Wahrheit zu sagen, und ich freute mich über ihr Vertrauen. Ich war entschlossen, meiner Freundin zu helfen, Antonios Unschuld zu beweisen.

Nachdem Maï den Fisch ins Hotel gebracht hatte und anschließend zur Probe gegangen war, setzten wir uns in die ***Bar de la Marine*** und warteten auf Immanuel. Unzählige Touristen zogen an uns vorbei, die wie wir den Ausblick auf den Hafen genossen.
"L'histoire d'Antonio que Maï nous a racontée me **préoccupe** beaucoup", sagte Justus ernst.
"Écoutez", schlug ich vor, "on ne va pas **laisser faire** la police. Nous pouvons très bien **observer** Antonio.

---

soupçonne verdächtigt
trafic d'antiquités Antiquitätenhandel
rien de mal nichts Schlechtes
Bar de la Marine bekanntes Café-Restaurant im Hafen von Cassis
préoccupe beunruhigt
laisser faire machen lassen
observer beobachten

Et si Maï a raison, on trouvera des **preuves** qu'il est **innocent** ..." Ich wurde von Marco unterbrochen.
"**Quand on parle du loup, on en voit la queue!**"
Ein paar Tische weiter saßen tatsächlich Antonio und der Fischer zusammen mit einem anderen Mann, den keiner von uns zuvor gesehen hatte, und zusammen schlürften sie ihren ***Pastis***. Die drei lachten und waren ausgelassen.
"Vous êtes sûrs que c'était du poisson ce qu'ils ont pêché hier?"
Mein Bruder Justus war bereits im Begriff, ein richtiger Detektiv zu werden, aber bevor er weiter ausholen konnte, ertönte Immanuels tiefe Stimme zur Begrüßung: "Salut les jeunes!"
In der Aufregung hatten wir ihn gar nicht kommen sehen.
Er zog einen Stuhl zu uns an den Tisch, und als er sich setzte, schien es mir, als grüßte er ganz nebenbei Antonio, der vom Nachbartisch zu uns herüberschaute.

---

preuves Beweise
innocent unschuldig
Quand on parle du loup, on en voit la queue! Wenn man vom Teufel spricht, kommt er gerannt!
Pastis französische Spirituose mit Anisgeschmack

Ehrlich währt am längsten

"C'est vraiment étrange", sagte sie, "**ça fait longtemps** qu'il n'a pas utilisé sa vieille voiture. Je pensais qu'il ne la conduisait plus **à cause de son âge**. Puis il a son **chauffeur**."
Maï war aufgefallen, dass das Auto ihres alten Nachbarn Georges vom Parkplatz verschwunden war.
"Et qu'est-ce qu'il fait dans la vie, ce Georges, pour être si riche?", wollte Justus ganz genau wissen.
"Il a une grande **entreprise** d'**équipements sous-marins** et il est un **ancien** plongeur très connu."
"Ah bon?"
"Et il a une grande **bibliothèque** avec beaucoup de livres sur l'**océanographie**", fügte Maï hinzu.
"Mais c'est exactement ce qu'il nous faut! On ne peut pas aller la voir?" Justus war kaum zu bremsen.
"Toi, tu vas chez les gens comme ça", wies ich meinen Bruder zurecht, "bonjour, je m'appelle Justus et j'aimerais voir vos livres?"

ça fait longtemps es ist lange her
à cause de son âge wegen seines Alters
chauffeur Chauffeur
entreprise Unternehmen
équipements sous-marins Unterwasserausrüstungen
ancien ehemaliger
bibliothèque Bibliothek
océanographie Meeresforschung

Wir krümmten uns vor Lachen.

Die Zikaden spektakelten in den meterhohen Pinienbäumen, die als einzige Schatten über den leeren Hotelparkplatz warfen. Der Geruch von trockener Erde stand in der Luft. Vom Nachbarhaus wehte ein kühler Wind von der Bewässerungsanlage herüber. Sie rieselte Tag und Nacht, damit die bunten Oleanderbäume und Hortensien nicht verdörrten. Es war still bis auf das Geklapper einer Gartenschere, dem wir folgten.

"C'est peut-être le **jardinier**", erklärte uns Maï.

Gerade als wir weitergehen wollten, hörten wir das Geräusch einer zugeschlagenen Tür. Wir verhielten uns ganz still und konnten beobachten, wie Antonio mit Taucheranzügen beladen das Haus des Nachbarn in Richtung Meer verließ.

"Avez-vous vu?" bemerkte ich, "Antonio avait, accrochée à sa ceinture, une **caméra sous-marine** comme celle d'Immanuel."

"Ah oui?", antwortete Maï ohne weiteren Kommentar.

"Il avait surtout un **tas** de combinaisons de plongée sur le bras", bemerkte Justus trocken.

---

jardinier Gärtner
caméra sous-marine Unterwasserkamera
tas Haufen

Wir betraten den Garten durch ein altes Gartentor auf der hinteren Seite und stießen direkt auf einen Mann, der mit dem Rücken zu uns den Rand eines Rosenbeets beschnitt.

Als Justus die Klinke aus der Hand glitt und das Gartentor ins Schloss fiel, drehte der Mann sich zu uns um, während er den Hut vom Kopf nahm und sich den Schweiß von der Stirn wischte.

"Ah, bonjour, Philippe!", sagte Maï und entschuldigte sich für unser Eindringen. "On voulait juste vous **avertir** que la voiture de Georges **a disparu**."

"C'est gentil. Georges **est parti aux États-Unis** et sa voiture est chez le **garagiste**. Et maintenant, excusez-moi, je suis très occupé!"

Es war offensichtlich, dass wir unerwünscht waren, und so entschuldigten wir uns nochmals und machten, dass wir wegkamen.

"Un **drôle d'oiseau,** ce jardinier", sagte Justus, enttäuscht auf die Bücher des alten Nachbarn verzichten zu müssen.

"Ce n'était pas le jardinier, c'était Philippe, le **neveu** de Georges. Il ne vient pas souvent, il habite à Paris

---

avertir Bescheid sagen
a disparu verschwunden ist
est parti aux États-Unis ist in die USA verreist
garagiste Automechaniker
drôle d'oiseau komischer Kauz
neveu Neffe

où il travaille à l'**université.** Il est **archéologue sous-marin**."
"Évidemment ..." sagte Justus kaum hörbar und man sah ihm an, dass es in seinem Detektivgehirn nur so ratterte.

Auch in den Ferien hatte der Sonntag etwas Besonderes. Maï war wieder zu ihren Proben gegangen und Justus hatte ihr versprochen, sie abzuholen. Sie schien die Musik tatsächlich sehr ernst zu nehmen. Marco und ich hielten eine Detektivsitzung am Swimmingpool ab.
"**Récapitulons**", vertrat Marco unseren Italienspezialisten, "nous avons trois amphores dans une grotte, d'autres dans une épave et un pêcheur **agressif** qui **traîne** avec un jeune **Italien** avec un **passé douteux**.
"Toi aussi, tu soupçonnes Antonio **maintenant**?", fragte ich, leicht wütend.
"J'ai lu sur internet", erklärte Marco, der sich offensichtlich nicht auf diese Diskussion einlassen wollte,

---

université Universität
archéologue sous-marin Unterwasserarchäologe
récapitulons fassen wir zusammen
agressif aggressiv
traîne herumzieht
Italien Italiener
passé douteux zweifelhaften Vergangenheit
maintenant jetzt

"qu'il y a eu beaucoup de bateaux antiques **naufragés** dans cette **région** à cause du vent et de tous ces **îlots**."

"Eh oui, **je me rappelle**! Immanuel nous en a parlé."

In dem Moment kam Justus nass geschwitzt und völlig aus der Puste zurück.

"Où est Maï?", fragte ich überrascht, da unsere Freundin sonst nach den Proben immer sofort angelaufen kam, um zu fragen, ob wir während ihrer Abwesenheit etwas Neues in Bezug auf die Amphoren in Erfahrung gebracht hatten.

"Elle n'y était pas", gab Justus zur Antwort.

naufragés gekenterte
région Gegend
îlots kleinen Inseln
je me rappelle ich erinnere mich

Florida, die Osterblume

Nachdem wir es nicht geschafft hatten, uns die Büchersammlung des alten Nachbarn anzusehen, beschlossen wir am nächsten Morgen, der Bücherei im Zentrum von Cassis einen Besuch abzustatten.
Als wir eintraten, kam uns die kühle Luft aus der Klimaanlage entgegen, die geräuschvoll an der Decke arbeitete. Ansonsten war es mucksmäuschenstill. Hier und da saßen Jugendliche an den Tischen und arbeiteten. Plötzlich stieß mir Marco mit dem Ellbogen in die Seite und zeigte mit dem Kinn in die hintere linke Ecke, in der Philippe an einem Tisch saß, auf dem sich die Bücher stapelten. Ihm gegenüber saß ein Mann, mit dem er sich die Bücher zu teilen schien. Plötzlich nahm dieser sein Handy ans Ohr, stand auf und kam mit einem Buch in der Hand direkt auf uns zu. Schnell versteckten wir uns hinter einer Trennwand. Als der Mann an uns vorbei ging, gelang es mir, den Titel des Buches zu erhaschen: *Florida – Fleur de Pâques*. Irgendwo hatte ich den Namen schon einmal gehört, aber in dem Moment konnte ich mich nicht mehr daran erinnern wo. Wir versuchten, das Telefongespräch zu belauschen, aber der Mann hatte sich zu weit entfernt. Wir verstanden kein Wort. Plötzlich stand er genau auf der anderen Seite der Trennwand, und mein Herz pochte so sehr, dass ich Angst hatte, man könnte es von außen hören.

"J'arriverai au **Fort Myers Airport** demain", sagte er. "Quoi? ... Ah oui, bien sûr, j'ai trouvé tout ... à Port Miou. À demain alors, ciao!"
Wir machten uns ganz klein in unserem Versteck, denn wir hatten alle vier die Stimme des Fischers erkannt, der uns auf dem Markt angeschnauzt hatte. Wir beobachteten, wie er zu seinem Platz zurückging, Philippe ohne ein Wort das Buch über Florida reichte und anfing, seine Sachen zusammenzupacken. Wir nickten uns zu und verließen ganz schnell die Bibliothek, um uns dann hinter einer Platane beim Eingang zu verstecken.

Fort Myers Airport Flughafen von Florida

Kurz darauf verließ der Fischer ebenfalls die Bibliothek, und nur wenig später kam Antonio von der anderen Seite aus einer kleinen Gasse herausgelaufen.
"Tu vas voir, il va **suivre** le pêcheur au port", flüsterte Justus.
Aber nein: Antonio überquerte den Platz und verschwand in der Bibliothek.

"Il n'y a plus de voiture sur le **parking**, vous l'avez **remarqué**?", fragte Immanuel beim Mittagessen.
"Oui, Georges est aux États-Unis", antwortete Jean-Paul.

"Et la voiture de Philippe a disparu..."
"Lui aussi, il est parti aux États-Unis ce matin", sagte Jean-Paul.
"Ah, tu l'as vu, tu as parlé avec lui?", fragte Maï erstaunt.
Jean-Paul antwortete nicht sofort.
"Non", sagte er schließlich. "C'est le chauffeur qui me l'a dit."
"Et il est allé où exactement?" Maï ließ mal wieder nicht locker.
"En Floride."

---

suivre folgen
parking Parkplatz
remarqué bemerkt

Nachdem Jean-Paul wieder zur Tauchschule gegangen war, setzten wir uns an seinen Computer, den zur Abwechslung Marco bediente. Wir waren uns fast sicher, dass es einen Zusammenhang gab zwischen der Floridareise von Philippe, Georges und dem Fischer. Aber welchen?
In die Suchmaschine gab Marco *amphores floride épave* ein, und es dauerte nicht lange, bis wir auf eine interessante Information stießen.
Unsere Blicke kreuzten sich: Waren wir auf der richtigen Fährte?
"Écoutez!", las Marco vor, "*Les* ***chasseurs de trésors*** *en Floride ont trouvé un* ***immense*** *trésor dans une épave – mille* ***pièces d'or en provenance*** *d'****Espagne*** ... C'était il y a quelques années. Peut-être, la **chasse au trésor** se passe en France maintenant."
"Et, qui a donné les **informations**, **hein**?", fragte Justus.
"Nooooon!", riefen wir alle gleichzeitig.

---

chasseurs de trésors Schatzsucher
immense immensen
pièces d'or Goldstücke
en provenance (de) (stammend) aus
Espagne Spanien
chasse au trésor Schatzsuche
informations Informationen
Hein? Na?

“Philippe est un archéologue sous-marin, et il connaît la mer comme sa poche. En plus, il a la bibliothèque de Georges **à portée de la main**.”

Das leuchtete uns ein.

“Et qui est-ce qui **fournit le matériel de plongée**?”, fragte Marco weiter.

“L’entreprise de l’oncle Georges!”, schoss es mir durch den Kopf.

“Et Antonio **connaît les gens qu’il faut**!”, fügte Justus ironisch hinzu.

Ich dachte an Maï und wünschte mir, dass er sich täuschte.

“Et en ce moment, le vieux Georges et son neveu Philippe sont **en train** de vendre les amphores aux chasseurs de trésors en Floride!”, fasste Lukas unsere Ermittlungen zusammen.

“Mais il y a un problème”, musste ich leider einwenden.

“Quoi?” Die anderen waren enttäuscht, denn sie glaubten, bereits die Lösung gefunden zu haben.

“Nous n’avons pas de preuves!”

Allen fiel die Kinnlade hinunter. Tatsächlich konnten wir nicht beweisen, dass Antonio und der Fischer

---

à portée de la main griffbereit
fournit le matériel de plongée liefert das Tauchmaterial
connaît les gens qu’il faut kennt die richtigen Leute
en train (de) dabei

Amphoren aus dem Meer heraufgeholt und illegal verkauft hatten.
Aber ich hatte eine Idee!
"Quand nous avons vu Antonio **sortir** de la maison du voisin, il portait à sa ceinture la même caméra que celle d'Immanuel. Je pense qu'il l'a utilisée pour prendre des photos sous-marines", erklärte ich stolz.
"Bingo!", freute sich mein Bruder.
"On peut donc utiliser le **câble** d'Immanuel pour les **charger** sur l'**ordi** de Justus ...", führte Marco weiter aus.
Genau, wir mussten Antonios Fotos sehen!
"Mais comment voulez-vous faire?", fragte Maï skeptisch. "D'abord, nous devons prendre sa caméra ... !"
"Mais ce n'est pas nous", antwortete Justus frech, "c'est toi!"

Irgendwie roch es muffig in dem Zimmer. Die Fensterläden waren wohl eine Ewigkeit nicht mehr geöffnet worden, und der Geruch von ungelüftetem Bettzeug und schwitzigen Turnschuhen kribbelte in der Nase. Dagegen war Immanuel geradezu pingelig. Aber ich hatte keine Zeit, darüber nachzuden-

---

sortir herauskommen
câble Kabel
charger hochzuladen
ordi (Abkürzung für **ordinateur)** Computer

ken. Während Maï anfing, nach dem besagten Fotoapparat zu suchen, stand ich vor der Tür Schmiere. Lukas und Marco warteten hinter dem Haus mit dem Laptop in der Hand, unter Antonios Fenster. Alles lief wie am Schnürchen, das musste es auch, denn schließlich hatten wir den ganzen Nachmittag damit verbracht, diesen Plan auszuhecken. Glücklicherweise hatte Maï gewusst, dass Antonio seinen Schlüssel in einem Blumentopf versteckte, wenn er das Zimmer verließ.

Mit einem aufgeregten Lächeln hatte Maï also problemlos eintreten können, während ich draußen Wache hielt. Ich hörte, wie Maï im Inneren des Zimmers suchte und kurz darauf einen der Fensterläden hochstellte. Wahrscheinlich hatte sie die Kamera gefunden und reichte sie nun durch das Fenster an Marco und Lukas. Bevor ich mich aber freuen konnte, sah ich plötzlich Antonio aus einer der Nebengassen zurückkommen. Wie für den Notfall vereinbart, klopfte ich drei Mal an die Tür, damit Maï sich schnell mit mir hinter dem angrenzenden Gebüsch verstecken würde. Aber es war zu spät. Antonio lief direkt an mir vorbei auf seine Zimmertür zu und verschwand dahinter. Mein Herz bollerte in meiner Brust. Ob Maï genügend Zeit gehabt hatte, aus dem Fenster zu steigen?

Ich lief um das alte Haus herum in den Hinterhof, aber dort standen nur Marco und Justus mit dem

Rücken an die Hauswand gelehnt. Sie bedeuteten mir mit dem Finger auf den Lippen, dass ich keinen Mucks von mir geben sollte. Vorsichtig stellte ich mich also zu ihnen, und während auch ich das Gespräch belauschte, das Antonio am Telefon führte, verfolgte ich trotz meiner Angst um Maï mit Begeisterung, wie der auf der Erde abgestellte Laptop von Justus ein Foto nach dem anderen hochlud.

"*Fleur de Pâques ... vingt-deux*!", sagte Antonio abschließend am Telefon.

Angstvoll erwartete ich Maïs Stimme, aber es blieb ruhig. Dann knallte die Tür ins Schloss. Antonio hatte offensichtlich sein Zimmer wieder verlassen, ohne das halb geöffnete Fenster bemerkt zu haben.

Einen Augenblick später steckte Maï, die ganz blass um die Nasenspitze war, ihren Kopf aus dem Fenster und nahm den Fotoapparat, der in der Zwischenzeit seinen Zweck erfüllt hatte, wieder entgegen. Dann halfen wir ihr dabei, aus dem Fenster zu steigen, packten unsere Siebensachen zusammen und liefen zurück zum Hotel.

Gerüchteküche

"J'ai **rarement** vu de si belles photos!" Justus war begeistert.

"Et il y a même monsieur le pêcheur, regardez!", konnte Marco sich nicht verkneifen. "Qu'il est **photogénique**!"

"Et alors? Cela ne veut rien dire!" Maï hatte beim Anblick der zahlreichen Amphoren, die Antoine mit seiner Kamera fotografiert hatte, Tränen in die Augen bekommen und war in ihr Zimmer gelaufen.

"S-E-S-T-I-U-S!", rief Justus ganz aufgeregt. Les estampillages sont bien **lisibles**." Justus konnte es nicht fassen. Offenbar hatte ich mit dem vermuteten S und E gar nicht so falsch gelegen.

Während Justus seine Recherchen fortführte, herrschte absolute Ruhe.

Dann lehnte er sich auf dem Stuhl zurück und erklärte uns: "Les amphores qui portent la **marque** Sestius étaient **produites** en **Étrurie** romaine **à l'époque de Cicéron**."

---

rarement selten
photogénique fotogen
lisibles lesbar
marque Marke
produites hergestellt
Étrurie Etrurien (antike Landschaft in Mittelitalien)
à l'époque de Cicéron zu Zeiten Ciceros

"Donc, ce sont bien des amphores en provenance d'Italie." Marco übernahm den Computer.
Die Römer hatten also wahrscheinlich ihren Wein, abgefüllt in die Amphoren, in diese Gegend gebracht und mit dem Handel begonnen.

Ich übernahm den Computer, denn mir war das Plakat nicht aus dem Kopf gegangen, das wir auf dem Nachhauseweg von den Proben gesehen hatten. In der ganzen Stadt Cassis wurde Reklame gemacht für den Konzertabend: **Fête de la Musique** à Cassis – Avec le groupe *Fleur de Pâques*.
Ich hob den Kopf und sagte: "C'est après le concert que tout se passera ..."
Die anderen sahen mich erstaunt an.
"De quoi tu parles?", fragte mich Justus.
"*Fleur de Pâques*, Pascua Florida, le nom que les **Espagnols** ont donné à la Floride au moment de sa **découverte** en 1513. Et ..."
"*Fleur de Pâques* est aussi le nom du groupe de Maï!", führte mein Bruder weiter aus, der verstanden hatte, worauf ich hinaus wollte.
"*Fleur de Pâques* vingt-deux – à 22 heures, après le concert!" Marco war außer sich.

Fête de la Musique Musikfestival
Espagnols Spanier
découverte Entdeckung

Maï hatte ganze Arbeit geleistet. Wir durften nach dem Konzert noch bis Mitternacht draußen bleiben. Da hatten Jean-Paul und Tante Clara wirklich eine Ausnahme gemacht, denn während der ganzen Ferien war einundzwanzig Uhr das Äußerste der Gefühle gewesen. Eigentlich war es sogar eher Tante Clara gewesen, die Jean-Paul überredet hatte, uns nach dem Konzert noch etwas herumziehen zu lassen. Echt nett!
Natürlich hatten wir uns bereit erklärt, Maï und ihrer Musikgruppe beim Aufbau der Instrumente zu helfen und beim Soundcheck dabei zu sein, und so verbrachten Justus, Marco und ich den Nachmittag damit, Gitarrenkoffer, Schlagzeuge, Mikrophone und Verstärker zu schleppen.
Maï hüpfte aufgeregt hin und her, und manchmal war sie auch ganz von der Bildfläche verschwunden. Teilweise kam es mir sogar so vor, als sei sie überhaupt nicht bei der Sache, denn immer wieder musste ihre Freundin Marine sie an das eine oder andere erinnern. Ich führte ihre Unaufmerksamkeit auf das Lampenfieber zurück, aber Justus und Marco sahen es ein wenig anders.
"Excusez-moi, mais pour moi, elle n'est pas **claire**", bemerkte Marco. "Pendant que nous, on travaille, madame **se promène** et personne ne sait où elle est."

---

claire durchschaubar
se promène geht ... spazieren

"Elle est peut-être trop **nerveuse** ...", verteidigte ich sie, und ich meinte es ehrlich.
"Arrête Pia, ce n'est pas drôle!", stoppte Justus mich und schien sich so seine Gedanken zu machen.
Als Maï auch eine Stunde später noch nicht zurück war, liefen wir zum Hotel zurück, um uns für den Abend vorzubereiten.
Maï hatte mir am Morgen gesagt, dass ich mir ein paar Klamotten von ihr ausleihen dürfte. Als ich nun ihr Zimmer betrat, lag ein großes Paket auf ihrem Bett: "Pour mon amie Pia!" stand auf einer angehefteten Geburtstagskarte geschrieben, auf die sie in die obere rechte Ecke noch eine 13 gemalt hatte. Ich holte tief Luft, damit mir die Tränen nicht in die Augen schossen, so sehr freute ich mich. Vorsichtig zog ich das weich gefüllte Seidenpapier aus der Papiertüte, auf die der Name einer Boutique in Marseille geprägt war. Dieses Tunika hatte nur Maï kaufen können: knallroter Voile mit aufgestickten, silbernen Pailletten. Und sie passte mir wie angegossen. Da ich nun ganz allein in ihrem Zimmer war, ließ ich meiner Fantasie freien Lauf und tobte mich mit ihren Schminksachen im Bad aus. Bevor ich das Zimmer fertig gestylt verließ, schob ich noch schnell meine Birkenstockschuhe unter ihr Bett und borgte mir ein paar silberne Gladiatorensandalen von ihr aus. Wenn

---

nerveuse nervös

Simone mich in diesem Outfit gesehen hätte, sie wäre glatt vom Hocker gefallen. Aber ich fühlte mich toll in meinem neuen Look.

Unter lautem Klatschen betrat Maï in ihrem kunterbunten Glitzerkleid im Stil Michael Jacksons die Bühne. Dann war es plötzlich mucksmäuschenstill. Ich zitterte innerlich, aus Angst, Maï könnte vielleicht ihren Text vergessen oder ihre Stimme verloren haben. Aber nichts dergleichen trat ein. Mit einer schwungvollen Geste warf sie ihr dunkelrotes Haar zurück und fegte wie ein Wirbelsturm über die Holzbühne, die wir am Nachmittag gemeinsam aufgebaut hatten. Der Gitarrist bog sich in alle Richtungen, während der Schlagzeuger mit seinen Sticks den Takt vorgab und Marine in schwarzem Tutu und auf Spitzen um sie herum wirbelte. Ich war wie im siebten Himmel und versuchte mir vorzustellen, wie es sich wohl anfühlte, im Rampenlicht zu stehen. Als sich die vier schließlich nach einer Stunde verbeugten und die Bühne verließen, war das Publikum außer sich. Die vielen Menschen, die sich auf der Halbinsel versammelt hatten, jubelten und schrien im Einklang: "**Une autre**, une autre", wieder und wieder. Es vergingen einige Sekunden, und die vier erschienen für einen letzten Song erneut nacheinander auf

une autre Zugabe

der Bühne. Während Maï dem Publikum zuwinkte, konnte ich kurz erkennen, dass Antonio, der in der ersten Reihe stand, Maï einen zustimmenden Blick zuwarf, woraufhin er durch die Menge verschwand.

"On va **quand même** attendre Maï!", entgegnete ich, als Marco vorschlug, ohne Maï aufzubrechen. Tatsächlich hatte das Konzert länger gedauert als geplant, und es wurde Zeit für uns, wenn wir im Hafen noch rechtzeitig ein passendes Versteck finden wollten.
Es war halb zehn, als Justus zurück zur Bühne lief, um Maï an unser Vorhaben zu erinnern. Als er zurückkam, sagte er, Maï wäre noch beschäftigt und sie würde nachkommen.
Enttäuscht zuckte ich mit den Schultern, und wir drei liefen ohne sie los.

---

quand même doch

Wer einmal lügt, dem glaubt man nicht

Immer wieder schaute ich auf Marcos Uhr, deren Zifferblatt in der Dunkelheit gespenstisch leuchtete. Mein Herz pochte in den Schläfen, und ich verstand nicht, wo Maï nur so lange blieb. Langsam näherten wir uns dem Steinbruch, den wir alle in unheimlicher Erinnerung behalten hatten.

Plötzlich sagte Marco: "Voulez-vous savoir ce que je pense? Maï **agit de connivence** avec cet Antonio!"

"Ça ne va pas la tête?", schoss es mir aus dem Mund. "Mais oui!" Marco ließ kein gutes Haar an Maï. "Souvent, Maï avait dit qu'elle allait aux **répétitions** et, en fait, elle n'y était pas allée. Et elle défend Antonio toujours."

Justus räusperte sich kurz, bevor er letztlich zustimmend sagte: "Elle savait où Antonio cache la clé de sa chambre."

Ich traute meinen Ohren nicht, selbst mein Bruder zweifelte an Maïs Ehrlichkeit? Ich wollte von all dem nichts wissen. Dann erinnerte ich mich an den kom-

---

agit de connivence (avec) macht ... gemeinsame Sache (mit)
répétitions Proben

plizenhaften Blick, den Maï Antonio auf dem Konzert zugeworfen hatte ...

Punkt zweiundzwanzig Uhr! Ein Boot lief langsam und fast geräuschlos in den Hafen ein. Zu unserer Überraschung hielt es direkt vor dem Steinbruch, und wir hatten gerade noch Zeit, uns in dem stinkenden Verlies zu verstecken.
“Vous savez quoi?” fragte Justus leise, als wir bis zum äußersten Ende vordrangen, “il y a d’autres amphores ici. Avec le pied, je peux les sentir.”
“**Allons-nous en!**”, war alles, was mir als Antwort einfiel. Ich hatte Angst.
Marco nahm meine Hand. “Nous ne pouvons pas partir d’ici, parce que le bateau se trouve devant l’entrée.”
“Tu as raison. Venez, **on avance encore un peu**”, schlug Justus vor.

Wir beobachteten, wie vier Taucher fast geräuschlos mit Geräten beladen von Bord ins Wasser glitten und drei weitere Männer in einem Schlauchboot direkt auf uns zu steuerten.
Mucksmäuschenstill und reglos saßen wir da.

Allons-nous en! Lasst uns gehen!
on avance encore un peu wir gehen noch ein Stück weiter rein

“Voilà!”, flüsterte Marco, als Antonio, der Fischer und der dritte Mann, den wir bereits in der *Bar de la Marine* gesehen hatten, aus dem Schlauchboot stiegen.
Ängstlich zogen wir uns immer mehr in die Dunkelheit zurück, bis wir mit dem Rücken an einer Wand standen. Wenn die drei Männer, die mittlerweile den Steinbruch betreten hatten, bis hierher vordringen würden, wären wir verloren.
Dank des hoch am Himmel stehenden und den Hafen in einen Hauch von Silber wiegenden Vollmonds konnten wir die Umrisse der drei Männer erkennen und beobachten, wie sich jeder von ihnen tatsächlich eine Amphore auf die Schulter hievte. Erleichtert stellte ich fest, dass die drei sofort daraufhin wieder den Ausgang ansteuerten.
Doch dann, genau in dem Moment, als Marco meine Hand losließ und mich bei den Schultern nahm, um mir anzudeuten, dass das Schlimmste vorüber war, ertönte eine grelle Lautsprecherstimme: “**Police, personne ne bouge!**”

Zwei Polizisten legten dem Fischer und dem dritten Mann Handschellen an und führten sie auf ein weiteres Boot ab, das wir noch nicht einmal hatten kommen hören.

Police, personne ne bouge! Polizei, keine Bewegung!

Der dritte Polizist ging langsam auf Antonio zu, und es tat mir in der Seele weh, erkennen zu müssen, dass der junge Antonio sich jetzt wohl endgültig die Zukunft verbaut hatte. Arme Maï, dachte ich. Doch als der Polizist ganz nah bei ihm stand, legte er dem jungen Italiener den Arm um die Schulter und sagte zu unser aller Erstaunen: "Bravo, mon garçon, **tu as fait un sacré travail**!"

Wir verließen den Steinbruch ebenfalls, obwohl keiner von uns verstand, was es mit der ganzen Geschichte auf sich hatte. Als wir aus dem Dunkel hervortraten, waren der Polizist und Antonio entsetzt, uns hier zu sehen.

"Mais qu'est-ce que vous faites là, vous? Où est Maï?", fragte Antonio.
"On pensait qu'elle était avec toi", antwortete ich fast vorwurfsvoll.

---

tu as fait un sacré travail da hast du ganze Arbeit geleistet

Der Profi

Völlig außer Atem kamen wir im Hotel an. Alles war ruhig, nur die quakenden Frösche unterbrachen die Stille der Nacht. Die Luft war immer noch warm, und die Zypressen gaben einen angenehmen Duft ab. Ich machte mir fürchterliche Sorgen um Maï, und auch Justus und Marco waren nervös. Wir waren gerannt wie die Verrückten und deshalb überpünktlich. Es war zehn Minuten vor Mitternacht.

Auf der Terrasse stand im Dunkeln ein Tisch. Keiner von uns sagte auch nur einen Pieps. Jeder überlegte für sich, was das Ganze zu bedeuten hatte. Etwas unschlüssig standen wir um den Tisch herum. Die Geschehnisse der letzten Tage liefen vor meinen Augen wie ein Film ab.

Dann, leise und wie aus einer anderen Welt, ertönte eine Elektrogitarre. Ich schaute kurz zu Justus und Marco hinüber, die wie ich überlegten, woher das Geräusch kam.

Plötzlich wurde die Terrasse von bunten Lampions erhellt, und der Gitarrist stimmte laut und von den kräftigen Stimmen von Maï und Marine unterstützt ein "**Joyeux anniversaire**" an.

Ich verstand erst nicht, was das zu bedeuten hatte, aber als Marco und Justus mich plötzlich in die Luft

---

Joyeux anniversaire Zum Geburtstag viel Glück (Lied)

hoben und eine ganze Menschenmenge mitsang und mir entgegen klatschte, war mir klar, dass diese Überraschung meinem dreizehnten Geburtstag galt.

Ich war überglücklich. Alle waren gekommen. Marine, Maï und der Gitarrist, Immanuel, Jean-Paul und Tante Clara, die eine von ihr selbst gebackene Torte anschnitt, nachdem ich die dreizehn Kerzen ausgepustet hatte, Philippe, Marcos Mutter Catherine, die Marco abholen gekommen war ... und Antonio!

Jean-Paul erhob nach einigem Räuspern sein Glas, das er mit seinem Kuchenlöffel beklopfte. "J'aimerais **porter un toast en l'honneur** de notre **nièce** Pia, qui, **malheureusement**, doit retourner en Allemagne demain. Joyeux anniversaire Pia!"
Die Gäste klatschten und anstatt rot zu werden, bedankte ich mich bei allen mit Küsschen. Vor allem Maï umarmte ich ganz besonders herzlich. Während ich sie in den Armen hielt und ihr ein ***Grand merci*** für die tolle Tunika in die Ohren flüsterte, entging es mir nicht, dass sie meine Birkenstock-Sandalen, die ich auf die Schnelle unter ihr Bett gepfeffert hatte, trug. Als ich sie ansah, zwinkerte sie mir zu.

---

porter un toast en l'honneur einen Toast auf ... ausbringen
nièce Nichte
malheureusement leider
grand merci großes Dankeschön

Das war das schönste Geburtstagsgeschenk!
Jean-Pauls Glas erklang zum zweiten Mal. "Et je voudrais porter un autre toast en l'honneur de ma fille qui, aujourd'hui, nous a montré que **seule** la musique compte pour elle. Bravo Maï!"
Ich klatschte, bis mir die Handflächen brannten.
Aber Jean-Paul war noch nicht fertig. Zum dritten Mal erhob er sein Glas und wurde ganz ernst. "Et je voudrais remercier Antonio pour son travail et son **courage.**"
Travail? Courage? Hatte ich richtig gehört?
"Antonio a aidé la police à **démasquer** une bande de chasseurs de trésors qui était en train de voler des amphores antiques. Et merci à toi aussi Philippe, pour ton **aide**!"
Wieder klatschten die Gäste begeistert.

Wir gingen auf Antonio zu, der trotz seines Erfolgs bedrückt in der Ecke stand. Maï kam ebenfalls angelaufen und hakte sich bei ihm ein.
"Vous voyez que j'avais raison!", sagte sie überglücklich.
Tatsächlich drückte uns unser schlechtes Gewissen ganz schön.

---

seule nur
courage Mut
démasquer aufzudecken
aide Hilfe

"Qu'est-ce qui s'est passé exactement?", wandte sich Justus direkt an Antonio.
"Cette entreprise **américaine**", erklärte uns Antonio, "essayait de **piller** l'épave de Port Miou. Mais elle n'a pas eu de chance ici. Philippe travaille avec la bibliothèque de Cassis et il connaissait l'entreprise. Donc, il m'a demandé de **jouer le rôle** du plongeur professionnel pour les **piéger**."
"Mais comment Philippe savait-il que tu es un plongeur?", wollte ich wissen.
"Quand je suis arrivé à Cassis, je lui ai parlé de ma **vie** en Italie.
In dem Moment ging mir erneut ein Licht auf. Es war also Antonio gewesen, der meinem Bruder Immanuel geholfen hatte, an die Wasserobefläche aufzusteigen, als er sich beim Schiffswrack unter Wasser verletzt hatte!
"**Quel succès!**" gratulierte Marco und lächelte.
"Mais tu n'as pas l'air **heureux**. Pourquoi?" Antonios Bedrücktheit war offensichtlich auch Justus nicht entgangen.

---

américaine amerikanische
piller plündern
jouer le rôle die Rolle ... zu spielen
piéger in die Falle zu locken
vie Leben
Quel succès! Was für ein Erfolg!
heureux glücklich

"Les gens **ne me croiront pas**. Ils vont encore me soupçonner!", sagte Antonio mit gesenktem Kopf.
"Comment ça?", fragte Maï aufgeregt.
"Mon ordinateur a eu un virus et j'ai perdu toutes mes preuves, toutes les photos que j'ai prises."
"**Si ce n'est que ça!**" entfuhr es Maï und mir gleichzeitig.
Wir brachen in lautes Gelächter aus.
Justus und Marco nahmen Antonio beiseite und Marco sagte leise zu ihm: "Écoute, je crois que nous pouvons t'aider!"

---

ne me croiront pas werden mir nicht glauben
Si ce n'est que ça! Wenn das alles ist!